KB043226

순수꼰대
비판

민이언 지음

순수꼰대
비판

너나 잘하세요!

다반

꼰대론적 순환

블로그에 '순수꼰대비판'이라는 제목으로, 어른이 되어 버린 이후에 겪은 신념의 모순에 관한 이야기를 포스팅한 적이 있었다. 물론 칸트의 《순수이성비판》을 패러디한 경우이지만, 또 그렇게까지 칸트의 철학을 의식한 변주는 아니었는데, 출판사 대표님은 이 제목이 꽤나 재미있으셨나 보다. 그 '순수꼰대비판'이라는 제목 하나로부터 무턱대고 진행된 기획이다.

우리가 일상생활에서 많이 겪는 대상이기도 하고, 저마다의 위트를 발휘해 적어 내린 글월들도 이미 서점가와 인터넷상에 많이 있다. 하여 '세상의 모든 꼰대들에게'라는 거창한 주제보단, 내 스스로의 꼰대력을 돌아본 자성의 에피소드들을 가벼운 필치에 담아내는 것으로 나름의 변별도를 꾀

해 봤다. 어린 시절에는 그렇게 싫어했던 어른들의 가치를, 삶의 어느 순간부터 '그런 게 삶이라는' 긍정의 체념으로 살아가는 어른의 모습. 칸트의 용어를 빌리자면, '이율배반'의 세월에 순응하며 떠내려가는 나 자신에 대한 이야기이기도 하다.

이왕 제목을 빌린 김에 간단하게나마 칸트의 철학을 살펴보자면, 《순수이성비판》은 인식의 원천인 이성을 그 이성을 통해 논리적으로 비판해 보자는 취지이다. 그 결론은 이성적 사고라는 명분도 인간의 지평 내에서의 인식일 뿐, 실재를 설명할 수 있는 사유체계는 아니라는 것. 불교의 관념론으로 부연하자면, 인간의 개념을 세계에 투영한 후에 다시 그 개념을 인식하는 순환이라는 이야기이다. '순수꼰대비판'이란 제목은 이 도식을 차용한 경우이다. 자신의 신념을 투영한 후에 다시 그 신념으로 인식하는 꼰대론적 순환 속에, 우리는 자신에게서 행해지는 꼰대짓을 자각하지 못한다.

칸트의 《실천이성비판》은 우리의 의지를 규정하는 근거로서의 이성에 대해 논하고 있다. 저 유명한 칸트의 명제, '네 의지의 격률이 언제나 동시에 보편적 입법의 원리가 될 수 있도록 행위하라'를 되새겨 볼 필요가 있겠다. 어린 시절에는 그렇게 부정했던 꼰대의 격률을, 나이가 들어서는 왜 부정하지 못하는 것일까? 그것이 보편적 진리라서? 칸트의 《판단력 비판》에서는 이성만으로는 명증하게 규정해 낼 수 없는 미적 가치들에 대해 다루고 있다. 그런데 니체에 따르면 진리란 각자의 미적 취향에 지나지 않다. 우리는 각자의 미학으로 삶을 디자인한다. 그러나 꼰대들은 자신들의 미학을 아랫사람들에게 격률로 강요한다.

나에게 진리인 것이 상대에게도 진리인 것은 아니다. 같은 맥락에서 어른들에게 진리인 가치가 어린 세대에게 진리인 것도 아니다. 실상 열린 생각의 소유자라고 생각하는 많은 어른들이 '차이'를 존중하는 준칙을 포용하고자 하지만, 결정적인 순간에는 기어이 자신의 꼰대력을 확인하고야 마는 것도 현실이지 않던가. 칸트까지 빌려 가며 꽤나 논리적인 글월로 가장하며 써내리고 있는 나라고 뭐가 다르겠나? 나름 얼리어답터로서의 학창시절을 보냈다고 추억하는 나도, 불혹의 나이를 지나 버린 지금은 다소 노회한 관점으로 세상을 해석할 때가 있다. 그 증거로서의 '칸트'인지도 모르겠다. 지금의 시대에는 그다지 대중의 관심을 불러일으킬 수 없는 철학자.

그래서 칸트의 저서에서 제목만을 빌렸을 뿐, 일상적인 이야기들로 써내려간 에세이 원고이다. 물론 특유의 버릇대로 간간이 철학자의 이름과 철학 개념이 등장하는 페이지가 있기도 하지만, 나름대론 최소화를 하고자 노력한 흔적이다. '꼰대'라는 단일 주제로 한 권의 분량을 채우는 작업이 생각보다 쉽지는 않았고, 얼마큼의 공감을 불러일으킬수 있는 성찰일지는 모르겠으나, 특정 계층과 세대를 꼬집어 꼰대로 비판한 것도 아니다. 자신에게도 기성의 담론에 저항했던 시절이 있었다는 사실을 기억하지 못하는, 당신과 나에 관한 이야기이다.

차례

I. 그렇게 꼰대가 된다

그의 소확행

예전 함께 근무했던 어느 노교사에 관한 추억. 서예가 취미이기도 했던 미술 교사는 한자에 관심이 많았던 터라, 가끔씩 흡연장에서 나와 마주치는 순간엔 자신이 알고 있는 한자를 나도 알고 있는지를 시험하려 들곤 했다. 혹여 비슷한 글자와 헷갈려 대답을 잘못하기라도 하면, 쾌재를 지르며 지루한 한자 강의를 잇대곤 했다. 굳이 그 학교에서 한문을 가르치고 있던 내게 말이다. 낸들 《강희자전(康熙字典)》을 다 외우고 다니는 것도 아니고, 모르는 한자도 있고 헷갈리는 한자도 있을 수 있는 거지. 한문 선생이 어떻게 그런 것도 모를 수 있냐며 빈정거리는 것이 그 노교사에게는 낙인 듯했다. 나에게 이긴 승전보를 다른 선생님들에게 자랑해 대는 것까지….

그렇다고 거기서 유치하게, 이번엔 내가 한번 문제를 내볼 터이니 선생님께서 맞춰 보라고 할 수도 없는 노릇이지 않던가. 나보다 나이가 한참이나 많은 어르신이 그러는 거니 그렇게 기분 나쁜 일도 아니었고, 또 어르신이 물으니 항상 꼬박꼬박 대답을 해드리며 오늘도 저러시려니 하고 넘어가기 일쑤였다. 문제는 그냥 그러려니 넘어가다 보면 매번 그런다는 점이다.

또 가끔씩은 직접 한자로 작문을 해보았다며, 당신이 추구하는 탈속의 경지를 들려주곤 하셨다. 지금도 얼핏 떠오르는 구절은, '나는 한 알의 모래이로소이다'라는, 하여튼 창해일속(滄海一粟)의 성어 비슷한 문장이었다.

"민 선생, 어때?"

거기다 대고 내가 무슨 대답을 할 수 있었을까? ⟨Dust in the wind⟩의 가사를 모르시는 건지? 아니면 내가 그 팝송을 모르는 세대라고 생각해서서 그러신 건지? 개인적으로 좋아하는 문학평론가 김현의 수사를 빌리자면, '달관의 제스처 섞인 선(禪)적 언어의 비선(非禪)적 남용'이 지겨우면서도, 기꺼이 그 남용을 들어줄 것을 각오하는 나의 배려심이 기특할 판이었다. 스스로를 dust in the wind라고 여기시면, 그 레

토릭처럼 겸손히 살아가시면 될 것을, 왜 자기보다 한참이나 어린 한문 교사를 붙잡고서 그렇듯 지식을 뽐내려 드시려 했던 것인지, 전공자에게 인정을 받고 싶은 욕구였나?

그래도 나를 예뻐하시는 편이어서, 그럭저럭 좋은 관계는 유지가 됐다. 수업교재로 쓸 그림 좀 그려 달라고 부탁드리면 어찌나 기쁜 마음으로 해주시는지…. 돌아보니 나는 이미 이때부터 미술전공자들과 협업을 하고 있었다. 한 번 더 돌아보니, 그 노교사에게는 교내에서 그런 이야기를 나눌 사람이 나밖에 없었던 거다. 또 한 명의 한문 교사는 담배를 피우지 않는 여선생님이었으니, 흡연장에서 마주치는 나와 뭐라도 한문에 관해 말을 섞고 싶으셨던 것인가 보다. 그것이 그분의 소확행이었던 것 같다. 수학교사와 미적분에 대해 논할 것도 아니고, 영어교사와 to부정사의 용법에 대해 논할 것도 아니고, 자신의 관심사인 한문에 대해서 이야기할 상대가 필요했던 것이 아니었을까? 그리고 전공자의 인정까지 받으면 더 기쁜 일이었을 테고….

그렇게 이해하면 그만인 일이긴 한데, 이 에피소드는 순전히 내가 착했던 경우이다. 조금만 더 상대를 존중하면서도 얼마든지 실현할 수 있는 소확행이었는데 말이다. 모르

긴 몰라도, 내가 학교를 떠난 뒤로는 많이 심심해하시다 퇴
직하셨을 게다.

꼰대의 선견지명

나름 소통의 가치를 중시하는 교장들은, 가끔씩 회식 자리에서 불만사항을 기탄없이 그리고 가감 없이 말해 보라고들 한다. 물론 그 '기탄없이'를 곧이곧대로 듣는 것도 아니지만, 또 이런 경우에 교사들은 대개 나름의 가감을 거쳐 할 말을 다 하는 편이다. 말하라고 했으면 삐지지나 말던가. 회식 분위기 열라 싸해지는 경우가 일반적이다. 그리고 이때부터는 '랑그'를 겉도는 '빠롤'의 향연이다.

교장은 관리자로서 그럴 수밖에 없는 변명을 잇대지만, 실상 '말하란다고 진짜 말하냐?'를 묻고 있는 것이다. 교장 기분이 심상치 않다 싶어 애써 에둘러 말하는 쪽은, '니가 말하라며?'를 되묻고 있는 것이다. 나처럼 개념 없는 캐릭터들은, 속으로 '저것들 또 저래, 어차피 저럴 거면서'라며, 그냥 그날의 술과 안주에 충실하고자 한다. 꼰대적 성향이 다분한 상사들은 정말 아랫사람들의 의견을 듣고 싶어서 그런 말을 하는 게 아니다. 소통의 제스처를 취하고 있는 저 자신의 똘레랑스에 전념할 뿐이다. 사회 생활하면서 내 나름대로 터득한 꼰대에 대처하는 자세는, 그냥 흘려듣는 것이었다. 어차피 말 안 통한다.

작가의 숨은 의도를 찾아내라는 출제자의 의도를 파악해야 하는 한국의 문학교육에 대해, 윗사람이 모호하게 말했을 때 그 뜻을 바로 알아차리는 게 생존에 보다 유리했던 우리의 풍토가 반영된 것이 아닌가 싶다던 김영하 작가의 말. 그런데 그런 중의적 어법을 사용할 정도의 문학적 센스라도 갖춘 지평은 꼰대일 리 없다. 꼰대들은 대개 직설적으로 분명하게 말을 한다. 나중에야 그런 뜻이 아니었다는 왜곡된 기억을 근거로 들이밀 뿐이다.

그래서 아랫사람은 그 분명함에 숨어 있는 의도, 혹은 그 분명함이 걸고 있는 해석의 변화율을, 그동안의 경험을 미루어 알아서 판단해야 한다. 뻔히 예상되는 피곤함과 불편함 앞에서는, 그냥 기분이나 맞춰 주면서 욕이나 덜 먹을 보고서로 작성해 올리는 게 자기도 속 편하다. 이런 조직이 탄력적으로 운영될 리 만무하다. 때문에 꼰대들은 자신이 꽤 나 유능하고 현명한 줄 안다. 그리고 걸핏하면 이어지는 꼴 같지 않은 훈계.

"거봐. 내 말대로 하니까 되잖아! 내가 선견지명이 있잖아?"

글쎄, 도대체 뭐가 되었다는 건지? 그리고 선견지명이라 니, 나서길 좋아하는 개의 어두움(先犬之冥)이란 의미인가?

《그로부터 20년 후》 – 못다 한 이야기

"승부는 끝났다. 에이스의 기량 차이이다. … 정우성을 쓰러뜨릴 수 있는 건, 마성지 너밖에 없다."

《슬램덩크》에 단 몇 컷밖에 등장하지 않는 지학고의 감독. 이노우에 다케히코에게 희화의 의도가 있었는지야 알 수 없지만, 그 시절의 내겐 꼰대에 대한 희화코드로 읽혀졌다. 처음 출전한 전국대회에서 너무 일찍 맞닥뜨린 영원한 우승후보 산왕공고, 서태웅은 그 최강 전력의 축인 슈퍼에이스 정우성에게 처참히 무너지고 있었다. 경기를 지켜보는 누구나 다 알고 있는 사실이건만, 지학고의 감독은 자신의 말이 어떤 정리(定理)인 양 선수들에게 설명하고 있다.

그마저도 맞는 견해는 아니었다. 서태웅의 잠재력을 보지 못했고, 정우성과의 대결에 내심 자신이 없었던 마성지의

심정을 헤아리지 못했다. 물론 감독으로서 선수에 대한 믿음이 없어도 안 될 일이고, 또한 그것이 고무와 격려의 방법이라고 생각했던 것인지도 모르겠다. 안감독이 북산의 모든 선수를 믿었던 것처럼…. 그럼에도 꼰대 코드로 읽힌 건, 아직 끝나지 않은 승부에 흩뿌린 단언의 어조 때문이었다.

"민 선생, 애들을 그렇게 몰라서 어떡해? 그 녀석 거짓말하는 거야."

아직 경력이 얼마 되지 않았던 시절에 어느 부장 교사에게서 들었던 말이다. 나도 그 정도는 안다고 생각했다. 나도 의심은 했다. 그렇다고 학생에게 '선생님은 네가 거짓말하는 거 다 알아' 뭐 이렇게 말하란 말인가? 안 그래도 내가 꼰대인 건 아닐까 하는 의심도 아울러 해야 할 판에, 그 말 자체가 되레 교사의 부족한 경험을 반증하는 것이 아닌가 싶기도 했다. '선생님은 너를 믿는다'라는 식의 동화 같은 감성을 추구하는 캐릭터도 아니었다. 단지 녀석에게 시간을 준 것뿐이다. 더 솔직히는 내 스스로에게 시간을 준 것이었다. 그러나 그 부장 교사는 이미 결론은 뻔하다는 듯….

교사들이 흔히 하는 착각. 학생들이 다 자신을 존경하는 줄 안다. 그리고 자신이 학생들에 대해 잘 아는 줄 안다. 결과적으로 그 부장 교사가 틀렸었다. 그리고 그 간섭에 자존심이 상해서, 그 정도는 나도 안다는 식으로 에두르면서도, 나 또한 녀석을 의심했다는 사실을 반성해야 했다. 학교에서 생활하다 보면, 확신을 가졌던 학생에게서 의외의 순간을 경험하게 되는 경우가 더러 있다. 그리고 되레 의외의 학생에게서 감동을 받는 경우도 있다. 감동받기가 미안할 정도로, 평소에 별 관심을 갖지 않았던 학생에게서…. 하기야 어른들의 세계에서도 별 다르지 않지만….

개인적으로 들뢰즈 철학의 열린 체계를 좋아하는 이유는, 아이러니하게도 경험으로 얻은 확신 때문이다. 확신의 신념이 초래하는 불확실성에 관한 확신. 확신이 곧 확실은 아니다. 당신은 스스로 생각하는 것보다 현명하지 않다. 당신은 스스로 생각하는 것보다 유능하지 않다. 그 제로베이스를 포용할 수 없는 이들에게는 아무런 가능성도 열리지 않는다. 그저 자기 신념 안에 갇힐 뿐이다. 다른 누군가의 이야기를 하는 게 아니다. 자기 신념에 대한 확신으로만 그득한 당신과 나의 이야기다.

우리 때와 너희 때

《그로부터 20년 후》를 읽은 어느 독자분께서 카톡으로 컴플레인을 걸어오셨다.

"야! 너를 너무 미화시킨 거 아니야?"

추억에 관한 이야기를 쓰다 보면 미화도 되고 그런 거지, 뭘 또 그런 걸 가지고…. 컴플레인의 주인공은 학창시절 친구, 카톡으로 못내 아쉬웠는지 퇴근 후에 내가 사는 동네로 찾아왔다. 한 통닭집에 들어가자마자 잇대어진 컴플레인은, 학창시절의 에피소드를 쓴 부분에 자기 이야기가 너무 안 들어갔다는 것. 다음부턴 자기 지분을 좀 늘려 달라고…. 그래서 이번 책에는 녀석과 소주 한잔 기울이면서 듣게 된 녀석에 관한 이야기를 실어 본다.

각 기업마다 고유의 풍토라는 걸 지니고 있고, 현대 그룹의 계열사들에겐 군대식 문화가 상식으로 여겨지던 시절이 있었단다. 요즘은 분위기가 많이 바뀌기는 했지만, 여전히 그 풍토의 흔적이 조금은 남아 있다고 한다. 지금도 신입 사원들과의 회식 자리에서, 큰 사발에 가득 부은 막걸리를 부서 직원들이 양껏 나누어 마시며 팀워크를 다지는 신고식 같은 걸 하나 보다. 내 친구가 신입일 때만 해도 그 술을 부하직원들이 다 '마셔 줘서' 과장의 차례까지는 가지도 않았단다.

그런데 요즘은 신입사원부터가 술을 못 마신다는 이유로 거의 입만 축이고 다음 사람에게 넘기다시피 하는 사발의 막걸리가, 과장 앞에서 가득 찰랑이고 있단다. 자기표현에 솔직하고, 조직의 응집력에 관한 명분에는 다소 무관심한 세대들이 들어오면서, 그 막걸리를 과장 직급 전후로 마시기 시작해 부장까지 마셔야 한단다. 자신은 신입 때도 벌컥벌컥 들이켰는데, 세월이 흘러 과장이 되었는데도 자기는 여전히 벌컥벌컥 들이키는 과장이란다.

《어린왕자, 우리가 잃어버린 이야기》를 함께 작업한 박상규 사장님과는 또 한 편의 원고를 작업 중이다. 매 미팅 때마다 일관된 주제에 부합하는 이야기들로만 진행되는 건 아니다. 그냥 대화 도중에 문득 떠오르는 에피소드들은 다 쏟아 내고, 나중에 그것을 다른 챕터의 글로 활용하거나 아예 다른 출간물의 내용으로 활용하기도 한다. 당일의 주제와는 상관없었던, 그 과장 친구 이야기를 사장님께 말씀을 드려 봤었다. 그런데 사장님께서 뭔가 공감하는 바가 있으셨는지, 배꼽을 잡고 웃으시던…. 이젠 그럴 수도 없고 그래서도 안 되는 시절이라, 현대 계열사 내에서도 개인을 존중하는 문화로 점점 바뀌어 가고 있단다.

물론 이도 내 친구 시점의 이야기일 뿐이고, 그걸 일반의 범주로 확장할 수는 없는 일이겠지만서도, 또 그런 생각이 들 때가 있지 않던가. 그냥 우리 때가 가장 힘들었던 것 같은…. 내가 다닐 때는 그렇게 낙후한 시설이더니만, 내가 졸업하니 모교의 시설이 좋아진다. 군대는 내가 전역을 한 후에 월급이 오르고 복무기간이 줄어든다. 그 실제 난이도와는 상관없이, 내가 고3이던 시절의 수능이 가장 어려운 것 같다. 세상이, 그리고 시대가 그렇다. 꼭 내가 지나온 후에야 좋아진다. 그러나 또 좋아지기 이전의 그 시절이 더 좋았노라 추억하는, 도대체 어쩌라는 건지 모를 이 부조리.

그것이 사실이라고 해도, 내가 그렇게 어려운 시절을 겪었다고 해서 다른 세대가 그와 같은 크기의 어려움을 겪어야 하는 것도 아니고, 내가 겪은 어려움을 그들이 알아줘야 할 이유도 없지 않은가. 지금 세대가 겪고 있는 어려움에 대해서는 우리 세대가 또 공감을 할 수 없을 테니…. '우리 때'와 비교하면 조금 더 스마트해진 직장 문화이겠지만, '우리 때'는 그 직장 문화로의 진입이 지금보다는 조금 더 수월하지 않았던가.

솔아 솔아 푸르른 솔아

이전 세대만큼은 아니지만, 내 학번이 졸업할 때까지만 해도, 사범대 남학생들에겐 교수추천서를 들고서 사립학교에 면접을 보러 가는 취업의 기회가 아직은 있는 편이었다. 한문교사를 거의 뽑지 않는 요즘엔, 전공과목보다는 복수전공으로 제 살길을 찾으려는 후배들의 노력에, 전공수업조차 폐강이 되는 현실이다. 가끔씩 대학교 은사들과의 술자리가 있을 때면, 교수님들도 이런 현실에 안타까움을 토로한다. 오롯한 학자로서의 철학만은 아닌, 사립대 교수들에게는 스스로의 존립 여부와 직결되는 문제이기도 하다.

그러나 지금의 시대에 한문으로서는 별반 대안이 없는 것도 사실이다. 이 구체적인 현실 안으로 들어서 보지 않은 이들이, 그래도 한문을 배워야 생각이 넓어진다는 둥, 정말이지 속 좋은 소리들만 해댄다. 어쩌면 내가 전공 이외의 길을 다시 찾은 선배라는 사실이 내 후배들에게는 위로인지도 모르겠다. 하긴 '언제나 불황'인 출판계에서 살아남기 위해 아등바등하는 내 처지도 그들과 별반 다르지는 않지만…. 이는 대형출판사를 다니며 무난한 직장생활을 하다가 지금은 1인 출판사의 대표가 되어 갖은 수고를 감내하고 있는, 이 기획을 제안한 출판사 대표님과 술잔을 기울이면서 늘상 주고받는 이야기이기도 하다.

문제의 밖에서 침착한 시선으로 문제를 진단하는 것과 문제의 안으로 들어와 격정적으로 그 문제를 직접 겪어 보는 것에는 큰 차이가 있다. 서빙 아르바이트 한 번 해보지 않은 경제전문가와, 학부모에게 멱살 한 번 잡혀 본 적 없는 교육전문가가 어찌 실질 경제와 학교의 실상에 대해 제대로 알 수 있겠는가? 같은 맥락에서 이전 세대가 다음 세대의 문제 밖에서 그 세대를 이해하는 일에도 한계는 있다. 그런데 현실의 구체적인 곡절은 잘 들여다보지도 않고, 속 좋은 소리만 늘어놓는 선배들이 꼭 있다. 후배들의 취업 걱정에, 아무리 시절이 그렇다 해도 그렇게 멋없는 대학생활을 하지는 말라는 둥, 너무 현실적으로만 살지는 말라는 둥, 선배로서의 자존감을 챙기기 위해 자기 얘기하기 바쁜 이들은 정작 대기업의 명함을 지니고 있거나, 호봉을 채울 만큼 채운 부장급 교사들이거나 장학사이다. 그런데 그 세대에게는 교사로서의 삶을 살 것인가, 보다 월급을 많이 받는 기업체로 취업할 것인가는 선택의 문제였다. 그에 비해 지금 세대에게는 어느 쪽도 생존의 문제이다.

80년대 학번들은 한국의 민주화를 위해 청춘을 불사른 세대라는 사실은 인정하고 또 존중한다. 하지만 지금의 현실에 치여 사는 재학생들과의 동문체육대회 자리에서까지, 민주화 운동에 참여했던 대학시절의 영웅담을 늘어놓은 후, 술기운에 '솔아 솔아 푸르른 솔아'를 불러 젖히는, 참으로 낭만 쩌는 노송들. 때와 장소를 가리지 못하는 저 시들지 않는 독야청청은, 그 푸른 척추를 고이 접어 나빌레라. 이는 과연 진보의 가치일까? 진상의 기치일까? 저렇게까지 노회한 모습들이 과연 새로운 시대를 꿈꾸며 구질서에 저항한 청춘이었을까가 의심스럽기도 하다.

당신의 성향은 당신 스스로 규정하는 것이 아니다. 입에 거품을 물어 가며 진보를 외쳐 봤자, 어느 후배들이 보기에는 그저 자신의 고귀한 신념을 알아주기만을 바라는, 세상에 널리고 널린 꼰대 중의 하나일 뿐이다. 스스로에 대한 변호를 늘어놓고자 하는 그 충동부터 삼갈 것. 절대로 인정하지 않는 모습, 그게 바로 꼰대다. 그냥 앞으로는 안 그러면 된다. 아니면 그냥 지조 있게 꼰대로 늙던가.

그 시절 우리가 싫어했던

"몇 대 맞을래?"

한 대도 맞고 싶지 않은 '을'의 내적 갈등이 나름의 양심으로 숙고한 타협안을 제시하기보단, '갑'이 원하는 대답을 미리 헤아려야 조금이라도 덜 맞을 수 있는 상황이다. 선택할 수 없는 선택에 주어진 선택권, 원하지 않는 선택을 강요하는 잔인한 역설. 우리는 절대로 원하는 대수를 맞을 수 없었다.

그 시절의 선생님들은 왜 그렇게 때렸을까? 체벌이 취미인 듯한 선생도 있었고, 그놈의 마수에 걸려 버린 며칠 동안은 학교에 가기 싫었던 적도 있었다. 그게 교화의 목적이야? 되레 선생들이 학생들을 학교 밖으로 밀어냈던 건 아니었을까? 중학교 시절의 그 학생부장한테 내가 왜 그렇게까지 처맞았어야 했는지, 나는 아직도 그 이유를 모르겠다. 그때는 그냥 때리면 맞는 시절이었고, 부모님도 내가 잘못해서 맞는 거라고 생각하던 시절이었으니….

  처음 교직을 경험하던 시절에는 내 스스로가 열린 생각으로 학생들과 소통하는 캐릭터라고 믿고 싶었다. 하여 체벌 문화에 대해서 반대하고, 학생들 편에 서는 교사로서의 이상을 유지하고자 애쓰던 열혈의 시절도 있었건만…. 그러나 학교에는 교사의 이상에 부합해 주는 학생들만 다니는 것은 아니며, 교사 스스로의 지구력도 그 이상을 따라잡기에 버겁다. 그리고 문득문득 체벌의 존재이유에 대해서 납득을 하게 될 때가 있다. 점점 그 시절의 선생님들을 이해하게 되는 순간들이 늘어 간다.

  학창시절에 무서운 캐릭터의 선생님들이 한두 분 정도는 있지 않았던가. 세상이 변하고, 예전과는 많이 달라진 학교의 분위기라지만, 아직도 그런 캐릭터가 학교 생활하기에는 편하다. 학생들도 여간하면 엮이고 싶어 하지 않는다. 그러니 그때 그 시절에는 그런 이미지 메이킹에 가장 효과적인 상징이 교사마다의 개성을 추구하는 회초리였을 것이고, 그 방법론이 학생을 관리하기에는 가장 수월한 방법론으로 여겨졌을 것이고, 때문에 학기 초에 '본보기'로 선택되는 학생이 있었던 것이고, 나도 그 '제물'이 되어 본 적이 있다.

영화 〈살인의 추억〉에서, 송강호의 비합리적 수사방법을 질타하던 김상경이 저 자신의 확신 앞에서는 송강호의 비합리를 긍정하듯, 이전에는 부정했던 가치를 점점 이해하기 시작하다가 급기야는 납득하고야 마는 이유는, 뒤바뀐 입장의 차이 때문이기도 하다. 이 변곡점에서 내 안에 잠재되어 있던 꼰대가 내 삶의 무대로 걸어 나온다. 가장 안정된 방법론으로 선택된 타성에 무젖는 순간, 그 확고한 신념 옆으로 빗겨 선 이상을 거부한다. 이젠 그 이상이 너무 귀찮아서….

〈드래곤볼〉의 트랭크스

학교에서 일하다 보면, 후까시 가득한 걸음걸음으로 교내를 활보하는 친구들과 마주치는 게 일상이다. 한 반에 서너 명은 그런 놈들이 꼭 있지 않던가. 나도 그 못지않은 후까시로 학창시절을 보낸 터, 그 심리를 이해 못 하는 것은 아니다. 그런데 겉으로는 이해하는 척하면서도, 속으로는 조소(嘲笑)를 지어 보일 때도 있었다. '저 어린 것들!' 하면서….

그냥 그러고 싶은 시절이 있는 것이고, 내게도 그런 시절이 있었는데, 또한 스스로 이해한다고 생각하거들랑 정말로 이해하고 넘어가면 그만인 것을, 그렇게까지 낮추어 볼 일이었나 싶기도 하다. 내 화양연화인 양 학창시절을 추억하며 이런저런 기획들을 써내리고 있는 지금엔, 교직 시절의 나에게 조소를 지어 보일 판이다.

두발 규제에 대한 저항을 일삼았던 학창시절에는 워낙 《드래곤볼》의 트랭크스 캐릭터를 좋아했던 터라, 성인이 된 이후로 나는 가끔씩 머리를 길러 묶곤 했었다. 교직 시절에는 누가 규제하는 것은 아니더라도 당연히 이 머리를 할 수가 없었다. 그런데 어느 해에 머리를 묶고서 출근하는 음악교생이 나타났다. 저게 도대체 정신머리가 있는 놈인가 싶은 속 좁은 성토. 그런데 나도 그런 시절이 있었고, 예전에는 스스로 긍정했던 가치였건만, 그 비슷한 가치로 살아가는 타인의 모습을 부정하는 오늘의 모순.

꼰대 기획을 하면서 내 스스로 돌아보게 되는 꼰대력도 적지 않다. 그래서 앞으론 조심하려 애쓰는 것들. 저들이 점하고 있는 젊음의 자리를 질투하지 말 것. 어린 친구들을 내 기준에서 평가하지 말 것. 물어 오기 전에는 내가 먼저 다가가서 대답을 늘어놓지 말 것. 이해가 가지 않거들랑 그냥 존중하고 인정할 것. 그렇다고 나에게 어울리지도 않는, 그 본질을 제대로 이해하지 못하는 시대의 담론을 섣불리 욕망하지 말 것. 젊은 표심을 잡겠노라 시도 때도 없이 '강남스타일' 불러 젖히던 국회의원들의 노회함과 별 다르지 않은 맥락이 아닐까? 꼰대들에게도 자신은 어린 세대를 이해하는 기성이라는 명분은 충만하다.

농구 동아리 담당교사

남학생 놈들과 한창 내기 자유투를 잇대던 해가 있었다. 그 내기란 게 내가 지면 자기네 반 전원에게 간식을 사주는 것이고, 내가 이기면 앞으로는 수업을 열심히 잘 듣겠다는 조건이다. 내가 체육교사도 아니고, 지들은 쉬는 시간마다 나가서 쏘아 올리는 농구공이건만, 전제 자체부터가 합리적이지 못한 내기에 응하지 않을 수도 없는 비합리. 게다가 그전까지는 내 수업을 잘 안 듣고 있었다는 고백을 천연덕스럽게 교사에게 건넨 것이기도 했다는 비상식. 그저 한 끼의 간식을 넘어, 반 아이들의 희망을 등에 지고 내기에 임하는 녀석들을 이길 재간도 없다. 있다 한들 그 내기에서 교사가 이기는 것처럼 눈치 없는 짓도 없다.

  그러던 어느 해 3월, 농구 동아리 주장 놈이 서류 하나를 내게 들이밀더니 다짜고짜 내게 사인을 해달란다. 내가 사인을 해야 할 란(欄)에는 '담당교사'라고 적혀져 있었다. 교사들에게 최고의 특활부서는 영화반이다. 그냥 교실에서 영화만 틀어 주면 된다. 농구 동아리를 맡으면 이만저만 피곤한 게 아니다. 학생들이 자꾸 대회에 출전하기 때문이다.

예전보다는 클럽 활동이 활성화된 사회 분위기인지라, 학교 이름으로 참가하는 대회는 담당교사가 결재를 맡아 학생들을 수업에서 빼주고, 교사 자신도 다른 교사들과 수업시간을 바꾼 후, 학생들을 인솔해야 한다. 다 큰 애들에게 무슨 교사의 인솔까지, 애들 불편하게…. 그러나 학생들도 인솔을 원한다. 나와의 동행이 좋아서가 아니라, 경기 끝나고 밥 사줄 사람이 필요하다.

대회에 참가하다 보면 각 학교의 인솔교사들과 마주치게 된다. 그들 중엔 정말 농구 감독 같은 모션으로 벤치에서 지시를 내리는 이들도 있었다. 글쎄, 농구 실력이 어떤지야 알 수는 없지만, 조금 오버의 제스처가 아닌가 싶었다. 전문가적 소양이 아닐 바에야, 아이들 스스로에게 맡기는 게 더 낫지 않을까? 그래서 나는 그냥 관객의 입장으로 한 발자국 물러나 있었다. 그런데 벤치에서 그러고 있으면 또 뻘쭘하다.

뭐라도 참견을 해야 하지 않을까 싶은….

왜 그런 경우들이 있지 않은가. 나 딴에 배려를 한 것인데, 결국엔 그 배려 밖으로 소외가 되어 버린 듯한 분위기를 견디지 못하고, 기어이 최초의 취지를 스스로 어기고 마는…. 그런데 또 그런 성격은 되지 못하는 터라, 남들의 눈에는 무심해 보일 수도 있었을 시선으로 아이들의 경기 모습을 지켜봤다. 그런데 남들의 눈에는 무심해 보일 수도 있었을 그 시선이 내 진심이기도 했다.

솔직히 나는 농구 동아리를 맡은 것 자체가 귀찮았다. 학생들에게 어떻게든 고사를 하려고 했는데, 학생들 나름대로는 교사에게 호감을 표시한 것이었고, 또 거절을 잘 못하는 성격이라 덜컥 맡아 버린 것뿐이었다. 매 게임마다 그냥 아이들이 패배하기를 바라기도 했었다. 그래야 내일부터는 여기에 올 필요가 없으니….

어쩌면 다른 학교의 담당교사들이 행했던 과잉의 제스처는 그런 의미였을지도 모른다. 이왕에 왔으니 학생들과 함께 열심히 해보자는…. 내겐 그런 의지도 없었던 것이다. 그리곤 오늘의 경기에서 패배한 학생들을 위로한다는 듯, 실상 다시는 안 와도 된다는 내 위안으로 저녁을 사주고 있었던….

나도 학창시절엔 보충수업을 땡땡이치면서, 길거리 농구 대회에 참가한 적도 있었는데…. 제발 이후엔 어떤 기관에서도 농구대회를 개최하지 않았으면 하는 바람으로, 요번에 참가하는 대회의 신청서를 서류철에 첨부하여 체육부장님과 교감 선생님과 교장 선생님께 결재를 맡고 있었다는…. 꼰대가 되어 가면서 귀찮은 것들이 점점 늘어난다. 한때는 자신에겐 열망의 가치였던 것들조차….

추억은 다르게 적힌다

1

영화에 관한 원고도 한 번 기획해 보고 싶은 욕망이 있어서, 가끔씩 오래전에 흥행했던 '명작'들을 다시 감상해 보곤 한다. 물론 '명작'의 자격에 걸맞게 시대를 초월하는 작품들이 많지만, 덧대어진 추억으로 명성을 유지하는 것에 지나지 않는, 시대의 한계에 갇혀 있는 작품들도 적지 않다. 그러나 지나간 시대의 가치를 두둔하며 아래 세대에게 의미를 강요하는 듯한 네티즌 평들도 간간이 눈에 거슬린다. 이건 훌륭한 작품이다, 당신의 이해력이 초딩 수준이어서 아무런 감흥을 느낄 수 없는 것이다, 적어도 서른이 넘어야 이해할 수 있는 작품이다, 하는 식의…. 하여튼 그놈의 나이에 대한 신뢰는….

실상 그렇게 어른스러운 지평이라면 굳이 저런 표현을 들어 쓰면서 영화가 지닌 작품성과 자신이 지닌 이해도를 변호하진 않을 것이다. 명작으로서의 조건은 콘텐츠를 향유했던 특정 세대의 변호가 없어도 어느 시대에나 지속되는 가치이지, 결코 '서른 즈음'들의 두둔이 정당할 수는 없다. 니체의 견해에 따르면, 해석은 의미를 부여하는 작업이고, 비평은 가치를 부여하는 일이다. 명작은 비평의 시대성을 초월한 가치이기에, 세대마다의 해석을 양산하는 것이기도 하다. 그런 인문학적 보편성을 갖추지 못한 작품이라면, 그저 특정 세대의 특수성에 지나지 않는다.

80년대를 배경으로 하는 영화와 80년대에 만들어진 영화의 차이는, 물론 세트 안에서 연출하는 과거와 실제 안에서 연출하는 현재라는 점일 것이다. 그런 차이가 아니더라도, 다른 시점에서 조명하는 같은 시간에 대한 해석이 다른 이유는, 세대마다 '경험의 구조'가 다르기 때문이기도 하다. 하여 당대의 문법을 어떤 당위성으로 전제할 필요는 없다. 지금의 세대에게 영화의 본질에 대한 이해가 부족하다기보단, 도리어 그 시절을 그리워하는 회상적 지향성이 과잉된 해석을 낳는 것이다.

"나는 내 속의 추억 덩어리에 지나지 않는다."

보들레르의 말이다. '숭고'로 받들고 있는 과도한 과거 지향적 감각은 자기애의 증거이기도 하다. 그 시대의 현상을 해석하는 것이라기보단, 부단히도 자신을 해석하고 있는 것이다. 누구나가 자신이 청춘으로 머물렀던 시절을 역사의 황금기로 기억한다. 그렇듯 관점이 배제된 역사는 없으며, 우리는 사실 그 자체로의 현실을 살아가는 것이 아니라 어떤 의미가 부여된 해석을 살아간다. 세대 차이는 그런 해석의 차이이기도 하다. 세상을 해석하는 경험의 구조가 다른 것이다.

2

밥 딜런이 노벨 문학상을 타던 해, 그의 노랫말이 문학으로 인정받은 것인가 싶어서, 이런저런 트위터 멘션들을 훑어보니 시집 형태로 출간된 책 한 권이 있단다. 같은 '음유시인'이란 수사가 붙더라도 만약 김광석이 자신의 언어로 시집을 출간했다면, 우리의 문단은 그것을 문학으로 인정할 수 있었을까?

한국 음악사의 변곡점이 되는 뮤지션들이 많이 있지만, 그중에서도 이문세의 전담마크였던 이영훈은 '발라드' 장르의 개척자로서의 입지란다. 클래식 작곡과 출신이 만들어낸 대중적 선율에 얹어진 가사는, 시에 가까워지기 위한 노력이었다고 한다. 그의 시는 일상의 언어로 조합한 미학이었다. '햇살 가득 눈부신 슬픔 안고, 버스 창가에 기대어 우는' 우리의 삶을 담았던….

돌아보면 언제나 한없이 부끄러운 글월들이지만, 내가 글을 쓰며 살 수 있게끔 해준 원천은, 학창시절의 내 일상을 가득 채웠던 뮤지션들의 노랫말들이다. 지극히 개인적인 잣대이겠지만, 나는 가사를 잘 쓰는 뮤지션들을 좋아했다. 동화로서의 유영석과 오태호, 철학으로서의 이현도와 신해철, 시로서의 이영훈과 윤상 등등.

닫힌 생각으로 살아가고 있는 기성의 고지식함은 아닐까 하는 의심 속에, '또 하루 멀어져 가는' 청춘은 요즘 아이돌 음악들을 이해해 보려고 부단히 노력하고 있는 중이다. 그러나 흘러간 세대의 기승전결 감각으로는 정확히 싸비가 어디인지를 모르겠는 노래들도 많이 있다. '이쯤일까?' 기다리다 보면 어느덧 간주 부분이다. 겨우겨우 나름 이해의 접점을 찾은 아이돌들도 있긴 하지만, 그마저도 모든 노래를 다 이해하는 건 아니다. 나머지 많은 음악들은 여전히 잘 모르겠다.

　적어도 90년대까지의 가요는, 최소한의 문학적 코드를 지키고 있었다는 생각이, 언제나 시대의 트렌드를 향한 관심보다 앞서 있다. 이 또한 시대정신에 뒤처져 나이로 멀어지는 소외인가? 하긴 요즘 노래들도 지금의 어린 세대에겐, 그 나름대론 충분히 문학의 문법일지 모르는데 말이다. 세상을 해석하는 언어의 구조 역시 다른 것이다.

멈춘 청춘

1

과 특성상, 우리 과는 매년마다 가는 학술답사가 큰 행사 중 하나이다. 강원도, 경상도, 전라도, 충청도 권역을 해마다 번갈아 탐방하는데, 남자들 같은 경우는 군대에 다녀오다 보니, 우리 때까지만 해도 이래저래 3년의 휴학기간이다 보니, 1학년 때 갔었던 곳을 다시 가게 된다. 내가 신입생이던 해와 2학년 복학생이던 해에 간 곳은 경상도 문화권이었다. 3학년 때는 전라도 문화권 차례였는데, 그 해에는 또 학회장을 맡게 되어서, 집행부들과 사전답사를 다녀오느냐 전라도 문화권도 2번을 갔었다.

그런데 그때만 해도 안동의 도산서원과 강진의 다산초당

이 잘 보이지가 않았다. 물론 눈으로는 바라보고 있었지만, 그저 방문 기념의 인증샷을 찍기 위한 피사체였을 뿐, 체험적 인문의 기회는 되지 못했던 것 같다. 선배랍시고 또 후배들 앞에서는 경판 뜨는 법과 탁본하는 법 등을 설하기도 했었지만, 실상 선배들도 1년에 딱 한 번 해보는 경험이다. 게다가 풍광 안에 들어찬 인문적 감흥을 제대로 느낄 수 있는 지평도 아니었는데, 후배들보다 더 알면 또 얼마나 더 알고 있었겠는가.

지금에서 돌아보면 복학생이던 시절도 20대 중반의 어린 나이였는데, 그때는 뭘 그렇게 다 아는 척을 해댔던지…. 아마도 얼마 전까지 군대 후임들을 지휘한 경험에서 비롯되는 증상이기도 했을 것이다. 또한 여자 후배들에게 늘상 '아저씨'라는 호칭을 듣고 지내서인지, 후배들 앞에서 어른스러운 모습만 보여 주려 한 강박이 앞서 있었던 듯하다. 하긴 그런 강박이 아직은 어리다는 반증이었는지도 모르겠다. 이제는 내 연식을 들킬까 봐 굳이 말하지 않는 것들이 꽤 있는데 말이다. 실상 3학년 여자 후배들보다도 학교를 덜 다녀 본 경험치임에도, 다른 곳에서 보내고 온 시간으로, 내 학번으로부터 흘러온 세월을 증명하고자 했던 시절이 이 나이가 되어서야 후회스럽기도 하다. 그 어른스러움에 대한 강박 속에서 무언가를 놓쳐 버리고 산 시절 같아서….

졸업을 하고 난 후에, 대학교 선배들과 강릉을 다녀올 일이 있어서, 간 김에 오죽헌을 들러 봤었다. 그 모두가 이제는 얼마나 꼼꼼히 살피면서 둘러보던지…. 퇴계와 이황의 글월만 떠들어 댈 게 아니라, 그들이 머물렀던 공간을 바라보는 방법까지가 전공의 범주가 아니었을까 하는 생각을 오랜 시간이 지나고 나서야 해보게 되었다. 그런 면에서는 나이가드는 것도 괜찮은 일 같다. 지평이 넓어졌다기보단, 놓쳐 버린 날들이 아까운 줄 아는 것이다. 하여 볼 기회가 생기면, 이젠 열심히 보게 된다는….

2

사람은 20대 중반부터는 뇌파의 일종인 세타파의 감소로 인해 새로운 것에 대한 호기심이 적어지기 시작한단다. 굳이 뇌파까지 들먹이지 않더라도, 20대 중반에는 자신의 미래에 대한 진지한 고민만으로도 버거운 시기이지 않던가. 호기

심보다는 안정감을 추구하게 되고, 현실과의 원만한 타협이 내내 걱정거리이다. 걱정은 스스로에 대한 설득으로 이어지며, 청춘을 찬양하고 고무하는 수많은 격언들을 돌아볼 틈도 없이 청춘이 지나간다.

돌아보면 이때부터 익숙해진 삶의 방식이 신조로 굳어졌었던 것 같다. 새로움에 대한 도전보다는 익숙한 경험을 다시 반복하는 일을 더 선호하고, 자연스레 기존 가치를 고수하는 성향이 짙어진다. 아직도 낯선 가치들에 설레어하는 이들을, 여전히 세상을 잘 모르는 철없고도 치기 어린 가치로 폄훼하면서…. 기성들의 가치에는 일단 반항부터 일삼던 젊음은, 어느 순간부터 기성의 논리에 매료되기 시작한다. 언젠가는 '요즘 것들'이었던 적이 있었건만, 이젠 기성의 편에 서서 '요즘 것들'을 성토한다. 걸핏하면 '옛날엔', '우리 때는'의 발어사를 늘어놓으며 과거의 자신을 부정한다.

이 기획을 진행하면서, 꼰대에 관한 이런저런 기억을 그러모아 보니, 그중에 적지 않은 지분이 나에 관한 기억이다. 뒤돌아보니 청춘의 기억 속에서도 이미 꼰대의 가치를 긍정하고 살았던 순간들이 의외로 많았다. 지금 생각하면 새파랗게 젊었던 복학생 시절, 그 청춘의 절정기에서 세타파를 잃어 가고 있었다는…. 어릴 때는 어른인 척을 하고, 나이가 들어서는 동안에 집착하는 모순. 세타파라는 논거도 모든 책임을 뇌파에 전가하려 드는 꼰대적 변명인지도 모른다.

복학생 시절에 들었던 '아저씨'라는 호칭은 알튀세가 말하는 '호명'의 기능이었는지도 모른다. 이젠 인생에서 꿈과 도전 같은 낭만의 단어들은 모두 거두어 버리고, 현실을 직시해야 한다고 스스로를 몰아붙이던 이데올로기. 가장 열정적으로 살아야 할 나이에, 당장 어딘가로의 소속만을 바라는 급급함으로, 꿈과 도전의 담론은 대화에서 사라진다. 남들에겐 뜬구름 잡는 청춘처럼 비칠까 봐, 막상 열렬히 쫓아 본 적도 없는 꿈과 극렬히 시도해 본 적도 없는 도전을 포기했던 시기이기도 했다.

내 경우에는 좋은 변명이 되어 주기도 했다. 실상 그 시기에 다가온 미래에 관한 불안이 꿈과 도전을 포기케 한 게 아니다. 내 모든 것을 걸어 본, 어떤 열정의 시도들도 딱히 있었다곤 할 수 없었는데, 이러저러 해서 그만둘 수밖에 없었노라는 변명을 정당화할 수 있는 현실적인 조건이 마침 도래한 것뿐이었다. 그 정당화로 누굴 설득할 수 있었을까? 설득이 된다 한들 그게 무슨 의미가 있었을까? 어쨌든 간에, 내

꿈과 도전이 거기서 멈췄다는 이야기인데….

 서른을 훌쩍 넘긴 늦은 나이에 다시 꿈으로 돌아온 경우라, 가끔씩은 그런 생각도 해본다. 이렇게 될 줄 알았다면, 조금만 더 일찍 시작해서 그만큼의 경력을 더 쌓을 수도 있었을 텐데…. 그랬다면 시행착오도 그만큼 앞서 지나갔을 테고, 지금보다 좀 더 나은 글을 쓰고 있지는 않았을까? 하긴 그 시절에는 이 바닥이 나랑 맞는 곳이란 생각도 해본 적이 없었다. 그래서 그토록 다른 곳만을 바라보며 이곳으로 올 생각을 하지 못했던 것이기도 하다. 그런데 기억을 채우고 있는 그 모든 시간이 없었다면, 이 바닥으로 들어설 생각도 하지 못했을 거라는…. 하여 산다는 문제가 또 그렇게 간단하지만도 않다. 전혀 예상치 못한 미래가 기다리고 있는 줄 모르고 살아가는 현재이기도 하기에….

3

물론 지금도 청춘이라 생각하고 있기는 하지만, 더 푸른 채도를 지닌 청춘이었을 때는, 무언가에 내 자신을 다 던지지도 못했던 미적지근한 온도의 열정이, 어떤 변명거리만을 찾아 방황을 일삼았던 것 같다. 그 시절의 내가 쫓고 있었던 것은 꿈이라기보단 도피처였다. 나는 그런 원대한 꿈을 지니고 있었고, 나는 결코 핏기 없는 열정으로 사는 청춘이 아니었다는 믿음을 부정할 수 없어서, 그 꿈을 이룰 수 없었던 백만 가지 이유를 늘어놓고 있던 헛된 열정.

여전히 그런 변명의 시간으로 보내고 있는 끝물의 청춘일지도 모르기에, 다시 돌아간다고 한들 다시금 이 자리로 흘러올 게 뻔하기에, 청춘을 돌려 달라는 염치없는 성토는 사양한다. 아니 어쩌면 돌려 달라고 할 수 있는 내 지분의 청춘이 없었는지도 모르겠다. 한사코 어른들의 노회함을 거부하면서도, 결국엔 그들과 별반 다를 것 없는 노회함을 이미 살고 있었던….

족구하고 있는 청춘

"족구하고 있네!"

아주 오래전에 유행했던 '시베리안 허스키'만큼이나 애
매한 어감을 잘 캐치한 감독의 위트가 돋보이는 영화 〈족구
왕〉은 시종일관 주성치 코드이다. 그러나 웃음에 대한 강박
이 자아낸 과잉이 아닌 각박한 현실의 결핍을 채우는 유머라
는 점에서, 적절하게 힘의 균형을 맞춘 경우인 듯하다.

아버지가 돌아가신 가슴 아픈 사연이 없을 뿐, 서사는 작
정하고 〈피구왕 통키〉이다. 시련을 딛고 일어서는 벅찬 감
동으로 나아가는 족구인들의 꿈과 희망은, 미취학 아동에게
나 먹힐 법한 작위적 화법을 들어 쓰기도 한다. 이는 '족구
하고 있는' 인생들을 바라보는 세상의 시선이기도 하다. 족
구는 여전히 낭만에 사로잡혀 있는 현실감 없는 복학생들의

상징이다. 말 그대로 '족구하고 있는 청춘들', 그러나 지금의 시절에는 족구하는 소리나 하고 있을 때가 아니다.

족구를 향한 열망의 대척점으로 설정된 상징성이 공무험 시험준비를 위해 3년이나 졸업을 미룬 선배이다. 선배가 보기엔, 총장과의 대화에서 족구장을 다시 만들어 달라는 건의나 하고 앉아 있는, 갓 복학해 아직도 냉정한 현실을 깨닫지 못한 후배가 딱하다. 그런데 이 선배는 3년 전 교내 족구대회에서 과를 준우승으로 이끈 히어로였다. 그러나 결승전에서 패배한 그날, 사랑하는 여자 친구가 족구에 미쳐 있는 자신이 딱하다는 듯 떠나 버렸다. 그리고 이때부터 졸업을 미룬 채 공무험 시험에 매진하게 된 것이었다.

인생의 여름, 그러나 그 눈부신 푸르름을 고스란히 도서관의 그늘에 저당 잡혀야 하는 힘겨운 시절이기도 하다. 방송 동아리는 매일같이 청춘을 예찬하는 시와 음악을 교정 곳곳에 흩뿌리지만, 그도 그저 모든 대학이 지니고 있는 오후의 풍경일 뿐, 결코 청춘에 대한 각성을 고무시키는 메시지가 아니다. 이 찬란한 시절은 명확한 목적의식을 지니고서 미래를 준비해야 하는 시간이다. 자신이 하고 싶은 것을 하면서 보내는 잉여의 시간은 사치일 뿐이다. 더군다나 면학

분위기를 해치는 족구 따위에 인생을 허비하는 청춘들은 준비된 루저의 표본일 뿐이다.

사라진 족구장을 다시 만들어 달라는 어느 복학생의 청원은 그런 예비 루저의 치기에 불과하다. 그러나 그 치기를 딱하다고 생각하는 다른 복학생들도 사실은 족구가 하고 싶다. 공무원 시험 준비를 하고 있는 그 선배에게도 족구에 대한 열망은 아직 남아 있다. 다만 3년이나 유예시킨 졸업의 원인이 하염없이 족구로 회귀하고 있다. 자신이 그 처지가 된 게 다 족구 때문인 것 같다.

선배는 후배에게 묻는다. 도대체 너에게 족구가 뭐냐고…. '나는 족구맨이니까!'라며 《슬램덩크》의 주제를 외칠 것 같던 영화는 도리어 담담한 반전을 준비하고 있었다. 후배의 대답은 그저 '재미있잖아요'였다. 재미있다는 것, 좋아한다는 것은 원래 그렇다. 원대한 포부여서, 커다란 의미여서 하는 것이 아니다. 하고 싶은 것을 하는 이유에는 그냥 '하고 싶어서'라는, 되레 본질적인 욕망밖에 없다.

공무원 시험에 미래를 거는 청춘들은 지금 하고 싶은 것을 절제하며 살아가는 군상들이다. 시험에만 합격하면 하고 싶은 것을 얼마든지 할 수 있다는 환상에 사로잡혀, 틈틈이 하

고 싶은 것을 즐기는 청춘들을 딱하게 여긴다. 그러나 역설
은 미래에 저당 잡힌 현재를 살아가는 이들이 실상 무언가
를 포기한 자들의 집합이라는 사실이다. 다시 돌아올 수 없
는 시절에만 가능한 것들을 포기한 채 미래의 시간대로 숨어
드는 이들은, 저 족구쟁이들에게 기다리고 있는 미래가 베
짱이의 겨울일 것이라는 당위로 개미의 여름을 도덕화한다.
족구를 즐기는 자들은 베짱이라기보단 단지 허리 한 번 피며
잠깐의 콧노래로 인생을 위로하는 그 또한 개미임에도, 즐
김의 방식을 잊은 이들에겐 그 잠깐도 일탈이고 타락이다.

　그러나 나에게 꽂히는 남들의 시선이 어떻든 간에, 좋아
하는 것은 어떤 식으로든 행위화가 되기 마련이다. 그 단적
인 표현이 공 대신 우유각으로 잠깐 즐기는 족구이다. 갖춰
진 경기장도 필요 없고, 사람이 부족하면 부족한 대로 즐길
수 있는 단출함. 좋아하는 것을 행하는 데에는 지정된 방식
이란 것도 존재하지 않는다.

　내가 일했던 학교의 어느 교장은, 면학분위기를 해친다는
이유로 학교의 축구골대를 없애 버린 일이 있었다. 그런다
고 축구를 좋아하는 학생들이 축구를 하지 않는 것은 아니
다. 벽돌 두 개를 골대 삼은 그들의 축구는 계속되었다. 이

때 발생한 재미있는 현상, 학생들은 적정 높이로 설정된 가상의 존을 공유하기 시작했다. 골대가 있는 것이나 다름없는 경기가 골대 없는 운동장에서 행해지고 있었던 것. 그 가상의 크로스바를 향해 달려가던 열정들을 일종의 광기로 표현하는 교사들도 있었다. 그것이 광기였을까, 아니면 열정이 만들어 준 심미안이었을까?

누군가는 이렇게 말할지도 모른다. 어려서 가능한 일이라고…. 그런 말을 하고 있는 그대의 지금은 또 얼마나 어른스럽단 말인가? 그 가상의 축구골대가 보이지 않는 지금, 우리는 또 얼마나 세상에 눈을 떴단 말인가? 눈을 떠야 하는 순간은, 도리어 현실에 눈을 떴다고 생각하는 지금이 아닐까?

〈족구왕〉에서도 학교는 족구장을 없애 버리고 '족구하고 있는' 인생들에게 루저의 낙인을 찍어 버린다. 세상은 낭만을 없애 버리고 낭만을 추구하는 이들에게 계몽을 강권한다. 김난도 교수에게 쏟아졌던 일부 반감은 그런 낭만의 상실감에서 비롯된 아픔이기도 할 것이다. 청춘의 시절이 아픔이어야 하는 상관과 당위에 제기되는 문제점도 있겠지만, 보다 근본적인 것은 그 아픔의 질량 문제이다. 이런 식으로 아프고 싶지 않고, 아파도 내가 하고 싶은 것을 하며 아프고 싶지만, 지금을 살아가는 청춘들에겐 아픔의 매뉴얼도 한결같다. 족구를 하다가 발목을 접질렸다면야 얼마든지 감내할 수 있는 아픔이지만, 청춘들은 백방으로 이력서를 내러 다니다가 발이 퉁퉁 붓고, 며칠 뒤에는 눈이 퉁퉁 붓는다.

좋아하는 사람 때문에 앓아야 하는 사랑의 열병이라면 얼마든지 앓아 줄 용의가 있는데, 세상은 이만하면 괜찮은 짝이니 그 사람의 마음을 얻기 위해서 앓으라 한다. 문제는 사랑의 이상에서 한발 양보한 괜찮은 짝이 나를 사랑하는 것도 아니라는 점, 되레 그런 '괜찮은' 스탠다드가 경쟁률이 보다 높다. 그렇다고 이제 와서 진정한 사랑을 다시 기다리는 일도 엄두가 나지는 않는다. 그래서 이미 발을 걸고 있는 경쟁을 지속하며 청춘의 시간을 소모한다.

대기업 사원이 되고 공무원이 될 수 있을지 모른다. 그것으로 만족한다면 그 역시 충분히 행복의 가치일 수 있을 것이다. 그런데 그런 대안의 욕망도 쉽지 않은 시절이라는 걱정과 근심의 순환이 오늘날의 불안이지 않던가. 그럴 바엔 차라리 자신이 진정으로 원했던 사랑에게 다가가 보는 것도 역설의 대안은 아닐까? 차라리 '족구 하고 있는' 열정 속에 우리의 미래가 담겨 있던 것은 아니었을까? 이것이냐 저

것이냐의 선택이 의미 없을 정도로 도통 아무것도 되지 않는 힘든 시절에, 환상일망정 이런 믿음도 지니지 못하는 것이, 오늘을 살아가는 청춘들의 아픔은 아닐까? 세상이 지정해 주는 좁은 스펙트럼과 낮은 확률 속에서, 오늘도 아프니까 청춘이다.

한 줌의 용기

어느 날 다반 대표님과 술 한잔 기울이며 나눈 대화 중에 흘러나온, 김어준 총수가 포스코를 그만둔 이유에 관한 일화. 그가 신입이던 시절의 어느 날, 회식이 있어서 새벽까지 달렸는데, 그 회식에 함께했던 이사가 아침 7시까지 출근을 하라고 하더란다. 자면 못 일어날까 봐 집에서 샤워만 하고 다시 출근을 했단다. 회사에 먼저 나와 있던 이사가, 왜 일찍 출근하라고 했는지에 대한 이유를 말하더란다. 힘들고 피곤해도 새벽같이 나와서 일하는 자세 때문에 자신이 이사의 자리까지 올 수 있었노라고…. 그 말을 들은 순간, 김어준은 그 이사가 불쌍해 보였단다. 그것이 자부심이 되어 버린 그가 너무 작아 보여서, 그것이 자신의 미래일까 봐서 포스코를 때려치웠단다.

김어준의 저런 배짱은 부럽기도 하다. 저지르는 것에 관해서라면 나도 이골이 나 있는 편이긴 한데, 저렇게까지 당당하지는 못하다. 뒤돌아보고, 또 돌아보며, '단장의 미아리 고개'를 넘어가듯 미련과 후회로 절며, 절며 가는 시간들도 적지 않다는…. 물론 때려치운 이들은 그 때려치운 이유를 미화하는 경향이 있다. 내 선택에 후회가 없어야 하기 때문에…. 김어준의 경우도 저 이사님과의 일화가 단일한 함수는 아니었을 게다. 하긴 김어준을 담기에는 포스코가 너무 작았을 터, 반면 내 경우엔 주제도 모르고 밖으로 넘쳤다가 많이 성장하면서 가는 길이긴 하다. 대기업 CEO와의 인터뷰 원고를 기획할 정도면 많이 큰 거지 뭐. 그 이야기하면서 또 한 잔, 자기도 그렇다는 대표님의 대답에 또 한 잔.

초등학교 5학년 때로 기억한다. 전자오락실에서 중학교 형들한테 처음으로 돈을 빼앗겨 본 경험이…. 어린 시절에는 학교에선 꽤 싸움을 할 줄 아는 아이였다. 그래서 그냥 미친 척하고 선빵을 날린 후에 튀어 버릴까, 그 잠깐 동안 몇 번을 망설이다가, 결국 비굴하게 칭얼거려 보는 게 고작이었다. 주먹 한 번 뻗어 볼, 그 한 줌의 용기가 없어서…. 성인이 되어서도 이런 상황은 늘상 있었다. 정말 미친 척하고 선빵을 날려 버리고 싶었던 선배, 선임, 상사. 그 앞에서 내가 한 선택은 그냥 스스로를 다독여 가며 무난하게 잘 지내는 것이었다. 아무리 엿 같아도 그 역시 '관계'에 얽힌 문제라, 그 이후의 상황을 감당할 자신이 없어서….

최소한의 나를 지킬 수 있을, 나 자신일 수 있을 그 한 번의 용기. 그런데 그 이후에는 어쩔 건데? 서점의 한 매대를 채우고 있는 담론들은 부단히도 그 용기를 부추기지만, 나 자신으로 살고 싶어 뛰쳐나온 입장에서 이야기해 보자면, 단호한 결의 이후에도 나 자신일 수 없는 문제들은 도처에 산재해 있다. 그런 담론을 주제로 글을 쓰는 이들은 정말로 자신이 쓴 글처럼 살아가고 있을까? 글쟁이들은 간혹 저 자신에게서도 가능하지 않은 이상과 낭만을 늘어놓는 경우들이 있으니 무턱대고 따르지는 말 것. 이후에 벌어지는 어떤 상황도 감내하겠다는 의지가 아니거들랑, 그대 그 주먹을 뻗지 마라! 울타리 밖으로 나와 마주한 세상 역시, 각오했던 것보다 훨씬 녹록치 않을 것이다.

문제는 그 한 줌의 용기가 뜻하지 않은 순간에 눈치 없이 찾아온다는 사실이다. 나중에 돌아보면 내가 왜 그랬을까 싶을, 좀 참아도 됐을 순간에, 서점가의 담론과 무관하게 그 단호한 의지가 작동한다. 지금에 와서 내 경우를 돌아보자면, 왜 내가 그때 글을 쓰겠노라 결심을 했던 것인지가 당최 이해가 되지 않는다. 하긴 너무 합리적인 사고로는 아무것도 저지르지 못한다. 물론 너무 충동적인 기질로도 아무것도 이루지 못하지만…. 그런데 이미 저지른 걸 또 뭐 어쩌겠나? 이 순간의 선택을 후회하지 않도록, 한 줌의 용기를 잇대고 덧대야지. 혹여 잘못되는 건 아닐까를 걱정할 필요는 없다. 이미 그 자체로 잘된 상태는 아니다. 그래서 이왕 그렇게 저질러 버린 김에, 두 주먹 불끈 쥐고서 끝까지 가는 거다.

Ⅱ. 시네도키, 꼰대

꼰대들의 슬램덩크

어느 날 대표님이 보내온 카톡 메시지에는, 꼰대의 어원과 꼰대의 6하 원칙, 그리고 꼰대가 되지 않기 위한 5계명이 첨부되어 있었다. 나도 항간에 떠도는 꼰대에 관한 이런저런 분석론을 다 살펴보긴 했는데, 꼰대의 어원은 정확하지 않다. 나름 언어학적으로 접근한 듯 보이는, 인터넷에 널리 퍼져 있는 'Comte(프랑스어로 백작)'의 설도 근거는 없다고⋯.

　나무 위키를 읽어 보면, 80년대까지는 학생들 사이에서 많이 쓰이는 은어였는데, 90년대 그 단어 자체가 꼰대 세대의 유물 같다는 인식이 있어서 잘 쓰이지 않다가, 2000년대에 다시 부활을 했단다. 돌아보면 나도 학창시절에 '꼰대'라는 말을 잘 쓰지 않았다. 얼마 전에 대학 선후배 모임에서 이 주제를 꺼내기도 했었는데, 90년대에 학창시절을 보낸 또래들은 대개 꼰대라는 말을 잘 쓰지 않았다. 소위 신세대, X세대, Y세대, N세대라며, 청춘들 스스로를 표현하기에 바빴지, 기성세대를 어찌 부를지는 관심도 없었다.

2000년대에 부활한 '꼰대'는, 어쩌면 꼰대라는 말을 사용하지 않았던 우리 세대가 원인인지도 모르겠다. 아날로그에서 디지털로의 전환기에 걸쳐 있었던 청춘들이었기에, 앞세대와 이후 세대의 가교 역할이면서도, 가치가 너무 다른 두 세대에 낀 입장이기도 하다. 고등학교 때 삐삐란 게 등장하더니, 대학에 올라가선 삐삐가 필수품이 되었다. 남자 동기들이 군대에 가 있는 기간에 여자 동기들은 죄다 PSC 폰이란 걸 장만하기 시작했다. 전역을 해보니 휴대폰은 정말 휴대품이 되어 있는 세상이었고, 대학을 졸업할 즈음엔 모든 핸드폰에 카메라가 장착되었다. 이전 세대가 즐겨 들었던 팝송은 전혀 듣지 않게 된, 서태지가 열어젖힌 한국 가요의 황금기를 살았으면서도, 요즘의 아이돌 음악은 이해 못하는 세대. 그래서 한쪽에서는 어느 시대나 있었던 '요즘 것들' 중에서도 특히 유난했던 요즘 것들이고, 다른 쪽에서는 꼰대의 르네상스를 열어젖힌 '옛날 것들'인 게 아닌가 싶은 개인적인 생각.

우리 또래가 '꼰대'라는 단어를 잘 쓰지 않았던 세대라는 이야기를 하려던 것이 다소 길어졌다. 내가 이 단어에 익숙해진 건, 중학생이던 시절에 연재가 시작된 《슬램덩크》를 통해서였다. 강백호가 능남과의 연습 경기에서 유명호 감독을 꼰대로 지칭하는 장면에서…. 그 시절에 이 만화를 번역한 전문가가 나보단 최소 10살은 많았을 터, 하여 자연스레 80년대의 정서를 담아낸 경우였던가 보다. 문득 강백호와 유명호 감독의 경우를 꼰대에 관한 이론으로 해석해 보고 싶어서, 내 영혼에 텍스트 《슬램덩크》를 아주 오랜만에 다시 훑어봤다.

능남고와의 연습 경기 이후, 강백호는 줄곧 능남고의 유명호 감독을 꼰대로 지칭한다. 그런데 실상 유명호 감독은 강백호에게 어떠한 무례도 저지르지 않았다. 오히려 강백호가 너무도 경우 없는 또라이였다고 해야 맞다. 정말로 유명호 감독이 꼰대 근성을 지니고 있는지의 여부와 상관없이, 강백호와의 관계에서만 따져 본다면 '꼰대'란 지칭은 어떤 타당성도 정합성도 지니지 않는다. 그저 또라이의 불편한 심기가 향해 있는, 그 일관된 시선 끝에 맺히는 대상에 대한 폄하일 뿐이다.

이 경우에서는 '꼰대'란 지칭이 다소 주관적이고 상대적인 관점이라는 사실을 알 수 있다. 저 자신이 지닌 문제를 돌아보지 않고, 그저 상대에게 모든 걸 전가하는 결과가 꼰대라는 지칭이기도 했다. 강백호가 이 성격 그대로 어른이 되었다면, 되레 순도 높은 꼰대의 모습이 그의 미래는 아니었을까? 하여 대표님이 카톡으로 보내 준 6하 원칙과 5계명에 의거, 이 시기의 강백호가 지니고 있던 잠재적 꼰대력을 분석해 보고자 이 글을 쓰고 있다. 어느 청춘이 보내고 있을 오류의 날들일 수도 있기에….

Who : "내가 누군 줄 알아?"

강백호는 자신이 천재라 믿고 있다. 타인들의 평가와는 무관하게, 자신이 상당히 대단한 인물인 줄 안다. 그 믿음에 대한 어떤 반박도 허용하지 않는다. 그건 다 눈 삔 것들의 썩은 안목이다. 천재를 향한 질투와 시기일 뿐이다.

When : "내가 왕년엔 말이야…."

강백호가 천재를 참칭하는 증상이 시작된 건, 채치수와의 1대 1 대결에서 이긴 후부터이다. 농구에 대한 일말의 지식도 없는 상태였던 자신에게 어드밴티지가 주어지고, 농구부 주장

채치수에겐 핸디캡이 주어진 승부였다는 사실은 애진즉에 잊혀졌다. 그 왜곡된 기억 속에는 '이겼다'는 결론만이 남아 있다. 그렇기 때문에 자신에 대한 대우가 그 기억에 합당해야 한다고 생각한다.

Where : "어딜 감히!"

나는 천재다. 서태웅, 니까짓 게 어딜 감히 이 천재 앞에서 멋있는 척이야? 자신과의 대결에서 졌으면서도 이 천재에게 기초나 연습하라는 채치수도 못마땅하다. 어딜 감히! 이 천재에게 이런 모욕감을….

What : "너희가 뭘 알아?"

천재에겐 어떤 조언도 필요 없다. 천재에게는 선천적인 재능이 있다. 그 모두가 천재가 알아서 할 일이다. 천재에게 천재의 방식이 따로 있다. 나는 여지껏 틀려 본 적이 없다, 남들도다 그렇게 이야기한다, 강백호의 사고방식은 늘 이런 식이었다. 정작 그 천재성을 증명해 보여야 할 농구부원들 앞에서…. 때문에 농구를 먼저 시작한, 그리고 자신보다 실력이 월등한동료들의 말을 귀담아 듣지 않는다.

HOW : "어떻게 네가?"

어떻게 이 천재를 놓아두고서, 니가 미치지 않고서야, 그 절호의 찬스에서 서태웅에게 패스를 할 수 있단 말인가? 이 팀에서 내가 얼마나 중요한 위치를 점하고 있는지를 모른단 말인가?

Why : "내가 그걸 왜?"

이 천재가 왜 체육관 구석에 처박혀서 이런 기초 따위나 연습해야 한단 말인가? 점수를 올리는 일도 아닌, 리바운드 같은 잡일을 내가 왜 해야 하는데? 너희들 같은 풋내기들이나 하는 농구 방식을 왜 내가 이해해야 하는데? 내 품격에 걸맞은 건, 결정적 순간에 내리꽂는 슬램덩크밖에 없다.

그러나 농구로의 여정 속에서 강백호는 순간순간 '반성'이란 걸 하게 된다. 그리고 그 토대 위에 비로소 '각성'도 가능했다. 자신의 고집에만 고여 있다 보니, 도통 농구가 늘지 않는다는 사실을 인정하지 않을 수가 없었다. 하여 어느 날부터인가 서서히 자신이 틀렸음을 인정하기 시작한다. 그리고 타인에게 묻기 시작한다. 배우기 시작한다. 이따끔씩 스스로 생각하는 것보다 자신이 별것 아닐 수도 있다는 의심도 한다. 그 의심을 떨쳐 내기 위해서라도 변해 가야 했다.

그 변화의 와중에 점차 농구에 눈을 뜨기 시작한 그에게 비로소 서태웅의 진가가 보인다. 이미 남들은 다 보고 있던 것을 이제서야…. 비로소 서태웅을 팀의 에이스로 인정한다. 남들에게 우격다짐 식으로 자신이 천재임을 강조하던, 스스로에게만 전념하던 그 맹목적인 믿음도 다소 그 결이 바뀌어 있다. 강백호는 어느 순간부터 저 스스로를 증명하고 있었다. 강백호는 그렇게 조금씩 변해 간다. 예전에는 죽어도 인정하지 못하는 것들을 조금씩 인정하고 난 후에야, 팀과 동료들을 구원하는 영광의 순간도 그에게 주어졌다.

우리 모두가 조금씩은 꼰대 근성을 지니고 있다. 그리고 그것은 나이의 문제만도 아니다. 에리히 프롬에 따르면 소유의 욕망에서 비롯되는 진상이다. 내가 소유하고 있는 것들이 나의 존재감을 대변한다는 믿음 때문에, 자신이 지닌 생각이 틀렸다는 사실을 확인하는 순간에 느끼는 상실감을 견디지 못하는 것. 자신의 존재를 부정할 수 없어 차라리 세월이 가져다준 권위를 덧대어 자기애적 도덕으로 끌어안는 것. 꼰대란 실상 그런 불안의 증상이 아닐까?

젊은 꼰대, 잠깨어 오라!

1

〈백종원의 골목식당〉을 시청하다 보면, 이 프로그램에 참여하는 식당 주인들이 어떤 표집이라는 생각이 들 때가 있다. 어찌 전문가라는 이들의 조언이 다 맞을 수야 있겠는가. 그 스스로도 밝혔듯, 백종원 씨의 견해가 정답인 것도 아니고, 자신에게 축적된 지평과 감각으로 조언을 하는 것뿐이다.

그러나 음식의 맛은 둘째치고 요식업의 기본도 갖추지 못한 이들이 저 자신의 신념만을 고집하는 경우가 거의 매 회차마다 등장한다. 출연을 결정한 이들도 분명 이전 회차를 보았을 텐데, 시청자들의 질타를 모르지 않을 텐데, 왜 저런 고집이 반복되는 것일까? 출연자들은 자신은 그런 경우가 아니라는 믿음으로, 어쩌면 몇 주 전까지만 해도 여느 시청자들처럼 질타를 퍼붓고 있었는지 모를 일이다. 저렇게 고집불통이니 안 되는 거라며…. 하여 매 회차마다 반복되는 장면이 무엇을 의미하는가 하면, 저들을 질타하는 시청자들 중에도 그것이 자신의 모습인지를 모르고 질타하는 경우가 분명 있을 것이란 이이기이다.

자신의 신념이 상처받는 것을 견뎌 내지 못하는 출연자들은 백종원에 대해 어떻게 생각하고 있을까? 자신만의 개성으로 차별화한 전략을 이해하지 못하는, 평균적 입맛에 맞추라고 하는 전문가적 꼰대로 폄하하고 있진 않을까? 이래서 타자의 가치를 철저히 배제하는 '독자적'이란 명분도 위험한 것이다. 그도 결국 타자들을 상대하는 상품이건만, 타자들이 납득할 수 있는 최소한의 베이스 위에서 개성으로 분화할 일이지, 기본도 갖추지 못한 이들에게서 무슨 개성을 논할 여지가 있겠는가 말이다.

악기를 제대로 다룰 줄 모르는 이들이 버스킹을 하겠다면 이해할 수 있겠는가? 그런데 음식에 대한 제대로 된 이해가 없는 이들이 음식점을 내는 건 가능하다. 그것을 조금도 이상하게 여기지 않는, 아니 되레 자기 요리에 자부심을 갖는 이상한 현상. 그만큼 그 바닥을 쉽게 보고 덤벼드는 것이 기도 하다. 저들은 결코 아니라고 할 것이다. 그런데 충분히 그러고 있다는 사실을 저 자신들만 모르고 있다. 다른 회차 의 고집들과 별반 다르지 않은 모습으로 고집을 부리는 근거 는, 자신은 다른 회차의 그들과 다르다는 스스로에 대한 믿 음이다. 그러나 결국엔 그 모두가 똑같았던…. 음식의 맛은 개인적인 신념이라 쳐도, 자영업자로서의 불성실에 대한 지 적에도 변명부터 늘어놓기 일쑤이다.

꼰대의 담론은 나이에 관한 것만도 아니다. 어떠한 지적 에도 자신이 지닌 애착과 열정의 명분으로 저 스스로를 정당 화하며, 결코 변화를 수용하지 않는 뚝심. 그러나 자신이 내 세우는 근거로 지켜내지 못하는 정합성은 결국엔 저 자신도 지켜 내지 못한다. 지극히 자기중심적인 신념을 지키려 드 는 것을 자기 영역에 대한 철학이라고 생각하는 그 모두가 잠재적 꼰대들이다.

아버지, 담임교사, 행보관, 직장상사…. 우리가 꼰대로 폄 하했던 이들과의 상황을 찬찬히 다시 살펴보면, 그 꼰대의 호칭은 어느 정도 내 스스로에게 돌려줘야 했던 경우들도 있 었다. 나부터가 성실하지 않았고, 내가 이 입장이 되어 보니 과거의 그 입장이 이해되지 않는다. 그러나 반성과 이해의 노력보다는 당장의 내 자존심에 전념하고자 하는 것이 또한 그 시절과 다르지 않다. 예전에는 잠재태의 꼰대로서 스스로를 합리화하고 정당화하는 신념을 휘두르고 변명들로 둘러댔다면, 지금은 현실태의 꼰대로서 자신의 과거를 부정하는 모순.

'남들은 다 괜찮다고만 하더만….'

실상 자신의 지평이 탁월하다는 증언들이 있어 본 적도 없는데, 그저 저 홀로만 그렇게 믿고 있는, 그다지 탁월해 보이지 않는 지평의 근거도 가상의 남들이다. 지금 자신이 설득해야 할 대상도 그런 '남들' 중 하나라는 사실까지는 생각지 않는 당신에게 그런 남들이 존재했을 리도 없다. 개인적으로 좋아하는 칸트의 어록으로 갈음하자면, 각성은 지능이 아니라 용기이다. 그다지 탁월한 지평도 되지 못하면서, 인정하고 반성하고 무언가를 배우려는 용기마저 없는 사람들. 저 표집들이 증명하는 바, 다른 누군가의 이야기가 아니라, TV를 보며 혀를 차고 있는 나와 당신에게도 해당하는 이야기이다.

2

반면 이와는 상반된 모습이 연출되는 프로그램이 있다. 즐겨 보는 정도는 아닌데, 함께 출연하는 셰프들의 수더분한 모습이 재미있어서 가끔씩 짤방으로 감상하는 〈수미네 반찬〉. 자기 분야에서는 일가를 이룬 셰프들이 김수미의 말을 고분고분 잘 듣는다. 자신들이 잘 알지 못하는 조리법에 관한 배움의 장이지만, 셰프들이 이미 알고 있는 지식들도, 분위기상 모른 척하면서 경청하는 경우도 없진 않을 것이다. 그렇다고 셰프가 저런 것도 모르냐며 그들의 전문성을 질타하는 시청자들이 있을까? 요리의 전문가라도 자기 분야가 아니면 잘 모르는 조리법이 있을 수 있으며, 모르는 것들은 그저 학생의 자세로 돌아가 배우려는 모습들이 보다 인간적이기에….

자신이 다 알고 있다고 생각하는 꼰대들은, 자신이 잘 모르는 것들까지 자신이 알고 있는 것들로 설명하려고 든다. 그런 성향들이 알고 있다는 것들은 또 얼마나 정확한 정보이겠냐 말이다. 그러니 제대로 된 설명일 리가 있나? 플라톤이 '시인추방론'을 주장한 이유는, 예술이 '감정의 고삐를 풀어

이성적 자제력을 와해시키며, 인간 본성의 저급한 부분에 호소한 타락적 행위'라는 이데아적 명분만은 아니었다. '시인들은 시를 짓는 능력이 있기에 다른 분야에서도 가장 현명하다고 착각하곤 한다'고 말했을 만큼 그 꼰대적 성향을 싫어했던 것이기도 하다. 아테네의 꼰대들이 소크라테스에게 사형을 언도했다고 생각한, 피 끓는 청춘의 플라톤이기도 했기에….

3

"내가 한 마디만 할게."

거짓말이다. 결코 한 마디에서 끝나지 않는다. 하나는 둘이 되고, 둘은 셋으로 이어지니…. 그런데 이거 《도덕경》에 나오는 구절이기도 하다. 그래서일까? 자신을 비우기 위해 그렇게 많은 말을 쏟아 내는 것일까?

"마지막으로 당부하고 싶은 것은…, 그러니까…"

한 마디라더니, '마지막'도 있다. 그리고 방금 전에 마지막이라며? 숨겨져 있던 또 다른 마지막이 왜 나와? 뭐야 쿠키

멘트야? 마블 코믹스야?

반면 젊은 꼰대들의 특징은, 분명 저번에 이것 때문에 문제가 됐었고, 그때 이미 충분한 대화가 있었음에도, 다시 한번 같은 문제를 야기한다는 점이다. 저번에 했던 말을 다시 반복하지만, 알았으니 이제 그만 좀 하라는 듯 다소 불성실해 보이는 태도 역시 저번과 같다. 그러나 얼마 안 가 같은 문제를 반복한다. 어떤 지적에도 영혼 없는 "알겠습니다."만을 흩뿌리며 그냥 얼레벌레 그 순간만을 모면하려 든다. 반성과 변화의 의지는 전혀 없다.

나이 든 꼰대는 했던 말을 또 하고, 젊은 꼰대는 했던 말을 또 하게 한다. 그런데 이것이 두 사람의 이야기일까? 대개 한 사람의 인생이다. 불성실한 후임은 불쾌한 선임이 되고, 밥맛없는 후배는 재수 없는 선배가 되기 마련이다. 그리고 지금의 너희들은 상상도 할 수 없을 만큼 힘들게 지나왔다는 '왕년'에 관한 이야기만 주구장창 늘어놓는다. 그런 삶의 태도로 힘들지 않게 지나왔다면, 그게 더 이상한 일 아닌가?

레이크 워비곤 효과

〈꽃보다 할배〉에서의 한 장면. 에펠탑을 등에 지고 파리에 대한 감흥을 인터뷰하던 박근형 씨에게, PD가 갑자기 '선생님, 저기!'라고 외치며 에펠탑을 가리킨다. 그제서야 박근형 씨가 뒤로 돌아, 불빛들로 반짝거리는 에펠탑을 바라본다. 철학자 들뢰즈가 말하는 타자의 기능은 이런 입체적 시선이다. 내가 볼 수 없는 것들을 보고 있는 다른 주체들을 통해 그다음과 그 너머를 유추해 보는 것. 그로 인해 내가 가늠할 수 있는 세계의 범주가 조금은 더 넓어지는 것이다.

물론 내 경험에 한정되는 일이고, 일반화해서 말할 수 있는 사안은 아니겠지만, 경험이 있는 이들은 자신의 경험에만 몰입하고, 경험이 부족한 이들은 자신의 열정에 몰입한다. 최소한의 데이터와 논리로, 적어도 자신이 주장하는 것들에 대한 내적 정합성이라도 갖추자고 해도 잘 듣지를 않는다. 물론 데이터와 논리를 갖춘다고 해서 그 결과를 장담할 수 있는 것도 아니지만, 그조차 갖추지 않고서 자신의 생각대로 밀고 나가면 뭐가 될 것이라는 생각은 도대체 뭘까?

그런데 이런 이야기를 백날 해봐야 소용이 없다. 누가 보기엔 이런 이야기를 늘어놓고 있는 나 역시 별반 다르지 않은 경우일 테고…. 우리는 타인에게서 지적받는 일에 은근히 모멸감을 느낀다. 그로 인해 상처받는 자존감 앞에서는 논리와 논거가 다 쓸데없는 짓이다. 남에게서 듣기 싫을 바에야, 스스로 알아서 최소한의 반성의 거리를 확보하려는 노력 정도는 해야 하지 않겠나?

자신을 믿는 건 중요한 덕목이다. 그러나 자신을 신뢰도로 여기는 것은 또 다른 문제이다. 타인의 생각도 들어 보고 들여다보면서, 내가 틀릴 수도 있다는 전제 위에서 열린 생각도 가능한 것이 아니겠나? 그러나 우리는 타인의 생각이 나와 같을 거라는, 전혀 검증되지 않은 전제에 기대어 자기애를 키워 나간다. 정작 타인이 나의 생각에 동의해 주지 않는 순간에는, 또 다른 타인을 근거로 들이밀며 자신을 고집한다. 남들은 다 괜찮다고 하는데 왜 너만 그러냐며…. 그러면서도 자신은 열린 생각의 소유자라는 믿음을 결코 의심치 않는다.

물론 세상사가 논리로 다 해명될 수 있는 것도 아니지만, 서로 다른 견해를 지닌 이들 사이에서 최소한의 논거는 소통을 위한 최대공약수이어야 하지 않을까? 요식업으로 돈을 벌고자 한다면, 최신 트렌드까지는 아니더라도, 소비자들의 성향에 대한 최소한의 시장 조사라도 있어야 하지 않을까? 그저 자신의 입맛을 소비자의 한 표집이라고 믿고서, 가게 운영에 있어서는 누구보다 성실한 자신의 성공을 장담하기보다는….

'레이크 워비곤 효과'라는 이론이 있다. 사람들은 대개 스스로의 지평이 평균 이상이라고 생각을 한다. 하여 자신의 아이디어는 다 블루오션 같고, 퍼플오션 같다. 심리학 이론으로 설명되어질 정도로 누구나가 지니는 착각의 본능이라면, 차라리 억지로나마 스스로를 의심할 수 있는 반성의 거리를 갖추는 것이 블루오션의 조건은 아닐까?

《맹자》의 구절을 패러디해 적어 보자면, 일단은 무조건 스스로의 생각을 의심하고 볼 것. 숱한 반성 끝에서도 꼭 가야 할 길이라는 결론이라면, 그때는 백만 인이 가로막아도 나아갈 것. 신념대로 나아가더라도 최소한의 반성적 거리는 확보하시길…. 다시 칸트의 유명한 어록을 패러디해 보자면, 반성 없는 신념은 맹목이고, 신념 없는 반성은 공허하다.

남들이 뭐라 해도

1

그렇게까지 옷을 잘 입는 편이라고 생각한 적도 없지만, 막상 누군가 '뭐 그런 옷을 입었냐?'며 나의 패션 센스를 지적할 때면, 은근히 자존심이 상한다. 지적하는 이의 패션 센스도 그리 뛰어나 보이지는 않는 경우엔 더더욱….

반드시 지켜져야 하는 신념은 아니더라도, 우리는 자기 미학에 상처를 입는 것을 싫어한다. 니체의 말마따나 진리란 각자의 미적 취향이고, 키에르케고르의 말마따나 나에게 진리인 것에 한해 진리이기에, 자신의 안목이 부정되는 일은 곧 진리가 패배하는 것이나 다름없는 부조리처럼 느껴지기도 한다.

학창시절의 내 우상이었던 김성재. 그 화양연화의 관성으로부터 자유롭지 못한 감각은, 유행과 상관없이 항상 윗옷은 좁은 핏으로 입고, 바지는 다소 여유 있는 핏에 익숙한 편이다. 그러나 유행과 상관없이 항상 엄마에게 욕을 들어먹는 옷차림이기도 했다. 엄마에게 내 옷차림은 '남들이 보면 부모를 욕한다'는 매뉴얼들 중에 하나였을 뿐이다.

어려서부터 엄마는 항상 당신이 마음에 드는 옷을 입히고 싶어 했다. 나는 그것이 입기 싫은데, 한바탕 타박을 뒤집어쓰고서도 결국엔 입어야 했던, 그 옷이 유년 시절의 내게 주어진 선택권의 상징이기도 했다. 내가 마음에 드는 것보단 엄마의 마음에 들어야 했던 것들.

머리가 굵어지고 난 이후에는, 엄마에게 절대 내 옷을 사오지 못하게 했다. 어차피 사와도 나는 안 입고 다니는 디자인이었으니…. 사춘기 시절 내내 지속된 부모님과의 갈등, 그 서막이기도 했다. 그 이후로 나는 꽤 오랫동안 부모님과 말을 잘 하지 않는 아들이었다.

엄마는 내가 당신의 생각처럼 핸들링이 되지 않을 때마다, 누굴 닮아 그렇게 고집이 세냐고 묻곤 하셨다. 그런데 내 미학대로 옷을 입는 것이 고집이 센 경우인가? 당신의 미학대로 내게 옷을 입히고자 하는 것이 고집이 센 경우인가? 그리고 고집이 센 당신을 닮아서 나도 그렇게 고집이 센 것이겠지.

오랜 시간이 지나고, 다시 엄마와 어린 시절처럼 대화를 할 수 있게 되었을 즈음엔, 엄마도 더 이상 내 옷차림에 대해선 뭐라고 말씀하진 않으셨다. 물론 여전히 엄마의 마음을 흡족하게 할 만한 옷차림은 아니었지만, 그것이 그냥 아들의 성향이란 사실을 인정하시는 듯했다. 그런 변화 이면에는 그것을 가능케 한 숱한 사건들이 잇대어져 있다. 엄마가 견지했던 많은 가치들로부터 배신당한 세월, 엄마가 생각했던 '반듯함'의 이미지가 결코 반듯한 인성을 뜻하는 것은 아니라는 사실 등등. 물론 내가 견지한 가치가 옳았던 것도 아니었고, 나도 많은 변화를 겪었지만, 아직까지도 내 패션 감각은 김성재와 함께 그 시절에 멈춰 있다는….

2

"그러고 다니면 남들이 욕한다."
누구나 어린 시절에 한 번쯤 들어 봤을 법한 부모님들의 레퍼토리, 그 훈계 속에 자주 등장하던 그 '남들'은 항상 도덕적 심판의 근거로 작동하곤 했다. 너는 결코 '우리'에게 반하는 의견을 내세워서는 안 된다는 명분으로 존재하는, 동일한 가치관을 공유하는 타자(他者).

그러나 '그러고 다니면 남들이 욕한다'는 말의 솔직한 해석은, 남들이야 어떻든 지금 당장에 내 입에서 욕이 나올 지경이라는 것이다. 반대 경우인 '남들은 괜찮다던데'라는 표현 역시, 남들이야 어떻든 내가 마음에 든다는 속내이다.

"남들한테 물어봐. 다 이상하다고 하지."

자신의 기준에서 '남'을 지적하는 장면에서 종종 펼쳐지는 역설은, 자신의 독단을 뒷받침해 줄 근거로 '남들'을 들이민 다는 점이다. 논리적이거나, 도덕적이거나, 미학적인 근거로 지적을 하는 게 아니다. 지적의 근거가 오로지 자신의 견해에 동의한다는 불특정 다수의 '남들'이다. 자신이 지적하고 있는 그 사람 역시 그 근거의 데이터에 포함되어야 하는 '남들'이라는 생각은 하지 않는다. 그러나 지적당하고 있는 그 역시 만만치 않은 다수의 '남들'을 지니고 있다는 사실이 '남들은 다 괜찮다던데 왜 너만?'의 근거로 순환한다.

우리가 일상에서 자주 거론하는 타자의 명분은 실상 나의 밖에 존재하는 범주가 아닌, 나를 포함한 집합이다. 그러나 보다 많은 경우가 그저 내 견해에 정당성을 부여하는 허상의 다수에 지나지 않다. 왜 우리는 그렇게 타인의 고집을 꺾으려 고집을 피우는 것일까? 웃긴 건, 그 자존감을 확인하기 위해 기대는 언덕이 결국엔 '남들'이라는 점이다.

"남들이 다 너 싫어해!"

상처받지 마라! 그런 남들이란 표집은 존재하지도 않을뿐더러, 지극히 개인적인 의견일 가능성이 높다. 세상엔 너를 사랑하는 더 많은 남들이 있다.

"남들이 다 이상하대!"

흔들리지 마라! 정작 남들은 너의 미학에 대한 이해의 의지도 없을뿐더러, 어차피 그 모두가 제각각의 미학으로 서로의 미학에 동의하지 않는 남들이기도 하다.

그러니까, 너도 이젠 남들 핑계 좀 그만 대!

무지의 오류

1

투수는 포수의 사인을 계속 거절한다. 타석에 들어선 타자
는 투수에게 워낙 강했던 상대이다. 완벽히 제구가 된 공도
어떻게든 쳐냈던 강타자 앞에서 마땅히 던질 공이 없다. 그
렇다고 안 던질 수도 없는 노릇, 그래서 그냥 정면승부를 택
했다. 타자는 직구를 받아쳤고, 공은 담장을 넘어갔다.

　왜 그 타이밍에 직구를 던졌느냐의 성토는 선수들이 모여
있는 덕아웃이 아니라 관중석에서 쏟아진다. 그런데 일반인
들의 생각과 달리, 타자가 홈런을 치기 좋은 공은 변화구라
고 한다. 회전이 걸려 있기 때문에 제대로 맞으면 더 멀리 뻗
어 간다고…. 직구를 던져서 홈런을 맞긴 했지만, 직구의 선

택이 홈런을 맞은 전적인 이유는 아니다. 어느 투수가 지기를 작정하고 공을 던지겠는가. 나름대론 그 순간의 최선이었다. 선수끼리는 이 상황을 서로 이해한다. 언제고 자신에게도 그런 경험이 있었기에…. 이런 피 말리는 승부의 순간을 경험하지 못한 이들이 말을 쉽게 내뱉는다. 제구가 저게 뭐냐는 둥, 자신이 던져도 저것보다는 나을 것이라는 둥, 사뭇 진지하고도 비장한 헛소리들을….

야구를 좋아하는 남자들 중엔 자신이 못해도 시속 130km 정도는 던질 거라고 착각하는 이들이 있다. 실상 사회인 야구단의 평균 시속이 110km가 안 된다고 한다. 프로무대에서 뛰는 투수에게도 성장과정의 언젠가는 110km정도밖에 못 던지던 시절이 있었을 것이다. 피나는 노력 끝에 140km이 되고 150km이 된 것이지만 사람들은 그 시간을 봐주지 않는다. 봐줄 필요도 없다. 그게 프로선수로서 감당해야 할 운명이 아니겠는가. 그저 야구를 좋아하는 사람들에겐 그런 시간을 겪지 못했다. 되레 잘 모르기 때문에, 기를 쓰고 아는 척을 할 수도 있는 것이다. 그런 팬심까지 감당해야 하는 프로선수로서의 운명인지도 모르겠고….

이런 관중문화는 귀엽게라도 봐줄 용의가 있다. 좋아하는 만큼이나 서운해하는 심리로 이해하면 그만이다. 문제는 자신의 사활이 걸린 순간에 이런 진지하고도 전지적인 착각을 늘어놓기도 한다는 사실이다. 자신에게 정말로 그런 능력이 있는지 확인도 되지 않은 상태에서, 치열하게 공부를 해본 적도 없음에도, 이미 충분하다는 믿음으로 다가선다. 자신이 하면 뭔가 될 것 같거든….

훈련소에 처음 들어가서 화생방 훈련을 받던 날의 기억을 떠올려 보면, 밖에서 지켜볼 땐 금방 끝나는 것 같다. 숨 한 번 잠깐 참으면 될 일이 뭐가 그리 어려울까 싶다. 막상 자신이 들어가서 방독면 벗어 보면, 숨을 쉴 수도 없고 참을 수도 없다. 시간은 또 왜 이렇게 길게 느껴지는지…. 밖에서 보는 이들에겐 뭐든지 쉬워 보인다. 왜 그걸 그렇게밖에 못 하냐는 듯, 정작 자신은 한 번도 시도해 본 적 없는 영역에 대해 조언을 아끼지 않는, 그 모두가 스티브 잡스이고 스티븐 코비이다. 그러나 막상 해보면 너도 별반 다르지 않다.

물론 열린 생각으로 나와 다른 견해에도 귀를 기울여야 하는 것을 모르지 않지만, 그 오지랖들의 근거가 자신의 조언대로 하면 더 잘될 것이라는 무책임한 가설일 때가 적지 않다. 그리고 그 타인들의 가설을 참인지 거짓인지를 내 비용을 들여 증명해야 한다는 거. 그럴 바엔 차라리 내 고집대로 나아가는 것이 경험이라도 된다. 비록 오류의 경험일망정, 잘못된 경우의 수 하나를 깨닫는 반성의 기회라도 얻을 수 있으니 말이다.

2

유도 선수들은 상대의 도복깃을 움켜쥐는 순간, 씨름 선수들은 샅바를 잡고 일어나는 순간, 경기의 양상이 어떻게 진행될 것인지에 대한 대강이 파악된다고 한다. 언어로 설명할 수 없는, 몸과 마음의 경험으로 축적된 감, 이른바 '내공'이라고나 할까?

좀처럼 설득이 되지 않는 상대에게 논리적으로 밀리면 급기야 직관을 들먹인다. 논리로 설명할 수 없는 것들이 있다고, 자신의 감각을 믿어 보라고…. 그러나 그 직관이란 게 상대방에게도 있으며 당신의 감각이 더 뛰어나다는 아무런 근거도 없다. 그것을 증명하기 위해서라도 다시 논리의 문제로 돌아갈 수밖에 없다.

유도 선수가 유도에 대해 말하고, 씨름 선수가 씨름에 대해 말한다면 그것은 비교적 정확한 직관일 것이다. 하지만 평생 헬스만 해온 사람이 힘에 대한 자신감 하나로 유도와 씨름을 말한다면, 그것은 직관이라기보단 오류에 가깝지 않을까? 하지만 우리는 무언가를 조금이라도 안다는 사실에 힘입어 잘 모르는 것들에 대해 말하려 든다. 직관이라는 명분으로….

"너희들은 잘 몰라! 그럴 수 없는 이유가 있어!"

그 이유란 것을 공감할 수 있게 설명해 주는 것부터가 소통의 시작일 터, 그러나 설명에는 관심이 없고, 재차 삼차 던져지는 질문에 짜증부터 내며 말한다.

"그런 게 있다니까!"

도대체 뭐가 있다는 것인지, 그런 것이란 스스로 쌓아 올린 벽에 갇혀 있는 자신은 아닐까? 그것을 납득하지 못해 던지는 질문들에 대해서, 논리적이든 감성적이든, 어떠한 해명을 해주면 될 것을 그저 '그런 것'으로의 순환과 반복만이 있을 따름이다. 우유부단한 성격도 문제이지만, 확신만 그득한 이들도 경계를 하고 볼 것. 대부분 자신이 뭘 모르고 있는지를 잘 모르는 이들이다.

그저 '안다'는 명분으로 밀어붙이며, 실상 모르고 있음을 인정하지 않는 경우들. 인생을 안다는 이유로 걸핏하면 청춘에게 어떤 권고를 내놓으려하는 기성들이, 정작 지금까지 살아온 자신의 인생에 대해 잘 알지 못하는 경우도 허다하다. 물론 직관을 형성하는 경험치를 무시할 수는 없다. 하지만 그 직관이란 게 자신이 보고 싶은 것만을 보면서 만들어진 시력일 때도 있으며, 자신이 겪은 시간과는 전혀 무관한 영역에 들이미는 오지랖일 때도 적지 않다.

자기 최면

1

부인에게 운전을 가르치는 내내 딴죽을 거는 남편들은, 실상 부인의 운전 실력에 아무런 문제가 없어도 딴죽을 건단다. 자신이 부인보다 월등히 나은 운전 실력을 지니고 있다는 믿음은, 그 딴죽을 통해 자존감을 확인받고자 한다. 부인이 운전을 곧잘 하면, 자기신뢰도에 대한 증명이 쉽지 않게 된다. 때문에 부인이 운전을 곧잘 하면 안 되는 것이며, 필요 이상의 깐깐함으로 평가하는 것이다.

남의 일에 끼어들어 한마디를 해야 직성이 풀리는 이들이 있지 않던가. 그 전제는 내가 너보다 나은 안목이라는 것일 텐데, 비극은 남들에 의해 공증된 적도 없는 그런 자기애적 착각은 상대도 지니고 있다는 사실이다. 더군다나 잘난 건 참아도 잘난 척은 참지 못하는 인간의 본성, 당신만큼이나 상대방도 자기 잘난 맛으로 살아가는 세상이다. 기초적인 심리일반도 모르는 안목이 도대체 무슨 자격이나 될까 싶지만, 다 너 잘되라고, 너 위해서 하는 말이란다. 나는 네가 노래를 잘한다고 생각해 본 적이 없는데, 굳이 내 허락이 없어도 내 앞에서 가요교실을 열고 앉아 있으니, 그 진정성이 어떻든 간에 도통 신뢰가 가지 않는 저 옛스러운 바이브레이션부터가 귀에 거슬린다.

물론 진심 어린 조언이라면 기꺼이 받아들여야 하겠지만, 그렇지 않은 성격의 조언이더라도 그것을 통해 한번 스스로를 되돌아보는 기회로 삼는 것이 내 열린 지평을 증명하는 품격인지도 모른다. 문제는 이런 조언들이 대개 자신이 보다 나은 지평이라는 전제를 충분히 느낄 수 있는 어휘만을 골라 말하는 재주를 매개한다는 점이다. 텍스트 자체도 받아 줄까 말까인데 컨텍스트가 마음에 안 드는 것이다. 그래서 조언을 받아야 하는 입장에서는 기분이 불쾌하고, 그 불쾌해하는 모습에 조언자도 불쾌해한다. 상대방 잘되라고 하는 말을 그렇게밖에 할 줄 모르는 사람이라면, 일단 관계에 대한 통찰력은 부족하다는 사실은 증명이 되고 있는 일 아닌가. 그 통찰력으로 누구에게 조언을 한다는 건 말이 되는 경우일까?

"기분 나쁘게 생각하지 말고 들어."

지도 안다. 앞으로 자기가 늘어놓을 말들이 상대방의 기분을 나쁘게 할 것이라는 사실을…. 정말로 상대의 기분을 상하게 하고 싶지 않다면, 말을 안 하면 그만인데, 그렇게 잘 알면서도 기어이 하고 만다. 기분을 상하게 하는 한이 있어도 말을 해야겠다는 이 불굴의 의지. 그런 말로 인해 서먹해질 관계를 알면서도, 그런 말을 함으로써 느끼는 심리적 안정감이 더 크기 때문이란다.

결국 너 잘되라고 하는 말이라기보단, 자기만족을 위해 그냥 하고 싶은 말을 하고 있는 '중상'일 뿐이다. 실상 상대가 잘되고 말고는 그닥 관심도 없다. 관심사는 오로지 내 기분이다. 그래서 많은 사람들이 충고와 간섭을 헷갈려들 한다. 충고와 주접을 헷갈려들 하는 경우도 적지 않고….

자신은 늘 객관적이고 자신의 생각은 늘 맞는 것 같다. 자신의 아이템으로 사업을 하면 대박이 날 것 같고, 남들은 쪽박 날 방법들만 어찌도 저리 기막히게 찾아내는지 모르겠다. 자신은 늘 올바르게 사는 것 같다. 그래서 남들보다 도덕적 우위를 점하고 있다는 사실을 확인하고 싶어서 사사건건 시비를 건다. 자신이 재미있으면 남들도 재미있어 하는 줄 안다. 재미있자고 내뱉는 위트 있는 농담일 뿐인데, 그걸 기분 나빠하면 센스가 없거나 속이 좁은 사람이다. 상대방이 기분이 나쁘다는데, 자신의 정당성만을 주장한다.

자신의 존재감을 확인하고 싶은 욕망이지만, 실상 존재감이 낮은 사람들의 성향이란다. 스스로 높아질 수가 없어서 애써 남을 낮추어 본 후에, 그를 고양시키는 스스로에게 감화되려는 증상. 일종의 나르시즘이다 보니 자신을 향하는 어떤 반론도 참지 못하는 것이다.

자의식이 강한 사람들일수록 도리어 최면에 잘 걸린다고 한다. 스스로를 향한 과잉의 믿음은 그만큼 스스로의 결핍을 반증하는 역설이기도 하다. 지금까지 써내린 이 이야기가 다른 누군가의 사례인 줄 아는 사람들도 적지 않으리라. 스스로에게 해야 할 말을 남에게 하고 있는, 바로 자신의 이야기라는 생각은 하지 않는다. 죄다 화자의 입장에서 말을 하려고 하지, 자신이 들어야 할 입장이란 생각은 하지 않는다. 이젠 좀 그 자기최면에서 깨어나시길, 레드 썬!

2

맹자 가라사대,

人之患 在好爲人師 (인지환 재호위인사)

사람의 병통은 남의 선생이 되는 일을 좋아하는 데 있다.

　상대가 지니고 있는 정보의 밀도와 전문성은 그다지 중요
하지 않다. 자신이 지닌 정보를 말하는 게 중요하다. 그래서
그렇게들 가르치려 든다. 꼰대들의 특징 중 하나. 나는 그에
게 질문할 마음이 없건만, 그들은 내게 대답할 준비가 되어
있다. 부하직원이 이미 잘하고 있어도, 자신이 뭐라도 가르
침으로 매워야 할 결여를 발견해야 직성이 풀린다. 이 또한
채우기 위해 일부러 비우는 노자의 변증법인가? 아니면 자
기 존재감을 확인하고 싶은 강박의 지향성일까?

　철학자 바슐라르의 페이지를 넘기다 보면 '프로메테우스
콤플렉스'라는 개념이 등장한다. 그리스 신화에 따르면 프
로메테우스가 건넨 불로 인해 인류에게서 문명이 시작된
다. 하늘에서 훔친 불은 신에게서 취한 지력(智力)의 메타포
이다. 즉 천상의 빛으로 지상의 몽매를 거두어 버린 것이다.

프로메테우스 콤플렉스를 앓고 있는 꼰대들에게는 자신이
건넨 불이 중요한 게 아니다. 상대에게 이미 불이 있는지 없
는지도 중요하지 않다. 자신이 불을 건네고 있다는 사실이
중요하다.

자기확장적 진리

1

GOT7의 태국 멤버 뱀뱀이 어느 예능프로에 출연해 말했던 실수담. 한국어로 빨강이라는 단어가 떠오르지 않아서 자신도 모르게 태국어가 흘러나왔는데, 태국어로 빨강이란 단어의 발음이 '시댕'이라고 한다. 또한 파랑은 발음이 '시퐈'라고….

내가 지닌 색깔은 파란색인데, 내게 부단히도 빨강을 이야기하는 사람들. 혹여 내가 닫힌 지평은 아닐까 싶어, 열린 채도를 표방하며 빨강을 들여다보지만, 내 원래의 색깔이 파랑이다 보니 어떤 노력에도 보라가 될 뿐이다. 그러나 여전히 빨강이 아니라서 틀렸다고 말한다. 나도 내가 맞았다고 한 적은 없는데, 빨강에 관한 이야기는 그치질 않는다. 순도 높은 빨강이고자 한다면 그것이 과연 '나'이기나 한 것일까?

나의 파랑에 다 저마다의 색을 풀어놓는다. 세상의 모든 색을 받아들여 검정색이 되어야 할 판이다. 어떤 이는 왜 자신의 의견을 존중해 주지를 않고 그토록 고집을 피우느냐고 따져 묻는다. 그런데 내 일을 내 고집대로 하는 게 고집스러운 건가? 남의 일을 자신의 고집대로 핸들링하고 싶어 하는 게 고집스러운 건가? 그들은 왜 나의 파랑을 존중해 주지 않는 걸까? 더군다나 나의 파랑으로 나의 하늘을 그리겠다는데, 내가 무엇을 그릴지에는 관심도 없으면서, 저 자신들에게 진리의 채도인 빨강을 내 하늘에 들이붓고자 한다. 이런 시댕! 내가 그리고 싶은 하늘은 이런 색인데, 시꽈!

자신의 신념을 통념으로 착각을 하는 사람들이 있다. 통념이란 것도 진리는 아닐진대…. 짜장면을 좋아하는 사람이 춘장의 정통성 하나를 믿고서, 짬뽕 따위가 어찌 청요리가 될 수 있냐고 따지고 있는 격. 짜장면만큼이나 짬뽕을 좋아하는 사람들도 많기 때문에 중국집 메뉴에서 빠지지 않고 있는 것인데, 정말로 웃기는 짜장이 아닐 수 없다. 자신이 이해할 수 없다고 차이를 인정하지 않는다. 이해가 가지 않는다면 이해하지 않으면 그만인데, 굳이 폄하를 한다. 알겠다고, 나도 짜장면을 좋아한다고, 다만 짬뽕을 더 좋아할 뿐이라고, 짜장면의 정통성은 인정하다고 했더니, 이젠 탕수육은 소스에 찍어 먹는 것이 아니라 소스를 부어 먹는 것이라고 따진다. 이쯤 되면 상을 엎고 나오는 게 상책이다. 다 들어주고 있다가는 정말이지 환장한다. 모두를 만족시킨다는 건 가능하지도 않을뿐더러, 그걸 욕망하다가 너 자신을 잃어버리기 십상이다.

2

프로크루테스는 그리스 신화에 등장하는 강도의 이름이다. 아테네 교외의 언덕에 집을 짓고 살던 그는, 지나가는 행인을 붙잡아 자신의 침대에 눕히고서, 행인의 키가 침대보다 크면 그만큼을 잘라 내고, 행인의 키가 침대보다 작으면 억지로 침대 길이에 맞추어 늘여서 죽였다.

그의 침대에는 침대의 길이를 조절하는 장치가 숨겨져 있어서, 실상 어느 누구도 침대에 키가 딱 들어맞을 수가 없었다. 프로크루스테스의 악행은 테세우스에 의해 끝이 난다. 테세우스는 그를 잡아서 침대에 눕히고는 그가 저지른 똑같은 방식으로 머리와 다리를 잘라 낸다.

'프로크루스테스의 침대'라는 비유는 자기 생각에 맞추어 남의 생각을 뜯어고치려는 경우를 일컫는다. 뜯어고치기를 작정하고 달려드는 이상, 남의 생각이 어떤지는 상관없다. 어떤 경우에라도 지적을 가하고 싶은 자신의 욕망이 더 중요할 뿐이다. 웃긴 건, 그런 부류의 사람들이 꼭 자신과 닮은 이들에 대한 반감은 엄청나다는 점. 이건 심리학 이론이기도 하다. 자신에게 내재된 부정적 성향을 남에게서 발견하게 될 시, 더 공격적이다. 그래서 대개 고집쟁이들이 고집쟁이들을 성토할 때는 한층 더 격정적이다.

개인적으로 좋아하는 김현 작가의 어록으로 잇대자면,

"모든 진리는 자기 확장적이다. 어떤 관념이 자기를 진리라고 믿을 때, 그것은 맹렬하게 팽창한다. 주먹만 하게 줄어들었다가 크게 폭발한 우주처럼, 그러나 그 우주에도 끝은 있다."

3

"이해는 해, 하지만 말야…."

정말로 그를 이해한다면, '하지만'의 뒷말은 조금은 나중에 천천히 은근한 방식으로 준비해 둘 것. 그리고 이것이 상담의 제1원리이기도 하다. 일단 그의 이야기를 들어줄 것, 상담자의 지식이 아무리 설득력을 지니더라도 지금 당장에는 내담자에게 아무런 소용이 되지 않는다.

실상 '하지만'에 따르는 뒷말이 아직까지 그를 이해하지 못하고 있다는 고백이기도 하다. 그와 소통하고 싶다면 일단 아무런 편견 없이 그가 하는 말을 다 들으려는 노력이라도 해볼 것. 자신이 틀리지 않다는 반론을 준비하고 있을 것이 아니라….

자신의 주장이 틀렸다는 사실이 증명되더라도, 자신의 견해를 정당화해 줄 수 있는 명분을 찾으려는 노력. 이 비효율적인 소모는 상대의 논리적 근거를 이해 못 하는 지능의 장애가 아닌, 상대의 논리로부터 스스로의 자존감을 지켜 내고자 하는 심리적 장애에서 기인한다. 그런데 결코 설득되지 않으려 하는 이들만큼이나, 기어이 설득하려 드는 이들도 지니고 있는, 너나 할 것 없이 그 모두가 고집쟁이라는….

폴 매카트니와 Yesterday
- 꿈속의 멜로디

서태지와 아이들의 〈난 알아요〉가 데뷔무대에서 음악전문
가들의 혹평을 받았던 너무도 유명한 일화. 멜로디 라인이
약하다, 가사가 참신하지 않았다, 동작에 노래가 묻힌 것 같
다 등등의 이유. 서태지는 이미 알고 있던 시대의 트렌드를
전문가라고 불리는 사람들은 아직 모르고 있었다.

김광석이 서른의 나이에 부른 〈서른 즈음에〉는, 당시 다
른 동료 포크 가수들에게 공감을 얻지 못했던 노래였단다.
동료 가수들은 마흔 즈음에야 이 노래의 감성을 이해하게 되
었다고….

프레디 머큐리는 감동과 환희의 순간에 울려 퍼질 시그니
처가 있었으면 하는 바람으로 노래를 만들었지만, 다른 멤
버들의 평가는 박했다. 노랫말이 너무 유치하다는 이유에서

였다. 그 노래의 제목은 〈We are the champion〉이었다.

이 사례들로부터 많은 이들은 자신의 센스가 아직 타인으로부터 인정받지 못하는 서태지와 김광석과 프레디 머큐리의 그것이기를 바랄 것이다. 그러나 타인의 콘텐츠를 대할 때 스스로의 태도가 어떠했나를 먼저 돌아볼 일이다. 서태지를 보지 못했고, 〈서른 즈음에〉를 듣지 못했던 그것이지는 않았을까? 하여 우리가 여전히 챔피언이 아닌 것은 아닐까?

이와 비슷한 사연을 지니고 있는 곡이 비틀즈의 〈Yesterday〉이다. 가장 많이 리메이크가 되었고, 작곡자인 폴 매카트니 자신에게도 오롯한 저작권이 없는 노래. 아무리 클래식을 고집하는 사람들도, 이 노래에만은 찬사를 보내지 않을 수 없다는, 〈팝송대백과〉에 적혀 있던 평론을 아직도 기억하고 있다.

한 침대 CF가 밝히고 있듯, 폴 매카트니는 곡의 영감을 꿈에서 얻었다. 꿈으로부터 들려온, 너무도 쉽게 완성된 멜로디에 스스로 표절을 의심하면서 비틀즈 동료들에게 어디선가 들어 본 선율이 아니냐고 물었단다. 그러나 표절 여부보다 동료들의 다소 냉담한 반응이 더 문제였다. 비틀즈를 사랑했던 세대에게서도 별 다르지 않겠지만, 비틀즈를 잘 모르는 세대에게는 비틀즈와 동격의 표상이다시피 한 음악은, 실상 비틀즈 멤버들에게서 우리답지 않다는 이유로 환영받지 못했었다.

비교적 간단한 악기 구성의 클래식한 편곡은, 폴 매카트니 혼자 녹음을 한 것이다. 그러나 처음에는 폴 매카트니도 이 노래의 클래식한 편곡을 마음에 들어 하지 않았다고 한다. 비틀즈가 해왔던 음악과는 다소 거리가 있었던 이유에서였다. 하지만 원곡자를 부단히 설득한 프로듀서의 직관이 불후의 명곡을 탄생시킨 것이다.

이 일화를 자기계발서의 논리로 각색한다면, 폴 매카트니의 소신과 양보 사이에서 무엇을 택해야 하는 것일까? 저마다 우겨 대는 직관의 명분도 그것이 적소의 역량을 증명했을 때나, 훗날 돌아보면 남달랐던 안목으로 회고될 수 있는 경우이다. 문제는 그 적소성의 지점이 어디인지를 쉽게 예측할 수 없다는 점. 이미 벌어진 결과로부터 상관을 추출해 내는 것은 비교적 쉬운 작업이다. 그러나 상관이 곧 인과인 것은 아니며, 앞으로 벌어질 불확실성에 대해서는 누구도 장담할 수 없는 법이다. 이걸 헷갈리는 경우를 흔히 목적론적 오류라고 일컫는다. 성공의 비법을 알려 준다는 수많은 지침서들이 저지르고 있는….

소신과 양보 사이에서의 선택은 쉽지 않은 문제이다. 자신의 신념을 지킨 것뿐인데, 그 너머에 있는 행운을 걷어찬 결과가 되어 버리기도, 남의 조언에 혹은 다수의 견해에 귀를 기울였다가 낭패를 보기도 하는 인생. 그렇듯 삶은 자아와 타자 사이에서의 줄타기이다.

책 제목 짓기

1

지금과는 다른 필명으로 첫 책의 출간을 앞두고 있던 때, 제목을 정하는 과정에서 '두드림(Do dream)'이라는 문구가 내 발목을 잡았었다. 이는 당시 방영되었던 〈이야기쇼 두드림〉을 차용해 소챕터의 제목으로 쓴 경우였는데, 출판사 대표는 이걸 책의 제목으로 사용하고 싶어 했다. 그런데 내가 처음 출간한 책은 《논어》, 《맹자》, 《도덕경》, 《장자》의 구절을 추려, 그 밑에 짧고 가벼운 문체의 해설을 단 포맷이었다. 아무리 어떤 문구에 끌리더라도 맥락이란 게 있어야 할 것 아닌가. 더군다나 그저 예능프로의 인기를 빌린 '아류'로 비칠까 봐서 나는 극렬하게 반대를 했다. 그러나 자기계발서를 주로 다루는 출판사이다 보니, 대표는 그 문법 안에서의 문구에만 눈이 휘둥그레지는 성향이었다.

그래서 그 접점을 고민해 보자는 취지로, 나는 계속 다른 제목들의 후보를 제안했다. 그러나 대표는 계속 거부한다. 그런 제목은 시장에서 먹히지 않는다고…. 웃긴 건, 나도 당시의 베스트셀러였던 《멈추면 비로소 보이는 것들》의 문법으로 고민을 하고 있었다는 사실. 그러나 대표는 자꾸만 '두드림'으로 회귀한다. 나중엔 나보고 왜 그렇게 고집이 세냐고 되묻는다. 나는 계속해서 다른 제목의 후보를 거론하고 있었는데, 그 '두드림'에 대해 동의를 하지 않았다고, 내가 고집쟁이가 됐다. 고집쟁이들의 특징, 자기 고집에 동의를 해주지 않는 이들은 죄다 고집쟁이로 몰아붙인다.

"작가님, 도대체 뭘 어쩌자는 거예요?"

도리어 대표가 나한테 짜증을 낸다. 그래서 다시 서로의 접점을 잡아 보자는 것이었는데, '두드림'에서 양보할 의사가 전혀 없는 이가 되레 훈계를 늘어놓는다.

책을 처음 출간할 시에는, 내 원고 제목을 왜 내 마음대로 정할 수 없는 것인지가 당최 이해되지 않는다. 다른 필명으로 글을 썼던 시간까지 합하면 이젠 내게서 제법 쌓인 출간의 이력이지만, 지금도 온전히 동의하지는 못하겠는 관행이다. 나름의 시장이 확보되지 않은 작가들도 시장의 경향을 따져 가면서, 이 책 저 책 다 읽어 가면서 글의 영점을 고심하는, 일단 독자의 입장인데 말이다. 그러나 대표는 자신의 감각이 독자의 입장을 대변한다고 생각하는 듯했다. 그런데 그 근거가 오로지 자기 신념이다. 그런 제목이 시장에서 먹힌다는…. 결과적으로는 안 먹혔다. 그 출판사가 요즘은 어떤 제목의 책을 출간하는지 검색해 볼 때가 있다. 내 책 뿐만이 아니라, 그 출판사에서 출간되는 모든 책들이 여전히 안 먹히고 있는 중이다.

문제는 프롤로그에서도 불거졌다. 4개의 소챕터를 27개의 주제로 배열하다 보니 총 108개가 됐다. 그래서 언제고 허구연 해설 위원이 야구공의 실밥 매듭이 108개라는 사실로 108번뇌를 설명했던 워딩이 떠올라, 그 이야기를 썼다. 그런데 골프에 한창 빠져 있던 출판사 대표는 홀의 지름 108cm라며 골프의 사례로 바꾸잔다. 나는 야구와 골프 중에 어떤 종목이 더 대중적이라고 생각하느냐고 되물었다. 대표의 대답은,

"작가님이 몰라서 하시는 말씀이에요. 요새 골프가 얼마

나 대중적인데요."

골프가 대중적인 스포츠인지 어떤지는 난 잘 모르겠고, 야구와 골프 중에 어떤 것이 더 대중적인가를 물었는데 대답은 저런 식이다. 정말 환장한다. 제목은 출판계의 관행이라니 그럴 수도 있다 치자. 작가를 믿고 계약한 원고일 텐데, 왜 작가의 글에까지 자신의 고집을 관철시키려 드는지….

"아니 대표님! 그럼 이게 제 글이기나 합니까?"

그러고 말았다. 물론 대표는 기분이 상했고….

꼰대들의 특징, 소통의 신념으로 유지되는 불통이기에 변화의 의지가 없다. 스스로는 지극히 열린 사고를 하고 있다고 생각한다. 물론 내게 첫 기회를 준 고마운 인연이기도 하지만, 인연은 거기까지였고, 응원도 하진 않는다. 무슨 이유에서인지 작년에 그 출판사 대표가 페이스북으로 친구맺기를 신청해 왔다. 이젠 페이스북을 이용하지 않기도 하지만, 수락도 하지 않았다. 다시 엮이고 싶지 않은 내 좁은 마음에는 담아 둘 수 없는 경우라서….

2

꼴에 작가라고, 이젠 많은 측근들이 으레 '민 작가'라고 부른다. 그런데 지금껏 말아먹은 스코어로는 이 호칭이 조금 부끄럽기도 하다. 인지도가 낮은 작가는 자신이 쓴 원고의 속성을 규정하는 일에도 자유롭지 않다. 그리고 출간 과정에서 제일 답답한 부분이 책제목을 짓는 일이다. 내가 쓴 글을 내가 원하는 제목으로 붙이지 못한다. 내게 익숙한 문법은 따로 있는데, 일부 출판사들은 자신들이 전문가라는 명분과 출판계의 견해라는 근거를 들이민다. 그런데 문제는 출판사들이 항상 베스트셀러를 출간하는 것도 아닌 전문성이라는 점, 또한 작가들도 글쟁이이기 이전에 시중의 베스트셀러는 죄다 읽어 보는 독자로서의 표집인데, 왜 그렇게 내 의견을 안 들어주는지 모르겠다.

하이데거의 철학을 빌리자면, '존재'는 '시간'의 산물이다. 저마다에게 익숙한 문법들이 따로 있기에, 이 간극이 좁혀지기는 쉽지 않다. 그래서 상대의 입장을 이해는 하면서도 결국엔 자신이 맞는 것 같다. 철학으로 글을 써도 결국엔 내 자신이 그 사례에 해당하는 경우들이 비일비재하다. 내가 틀린 것일까 봐 두렵고, 내가 맞았던 것일까 봐 아쉽고⋯.

내가 원하는 결이 아닌 제목을 권고하는 출판사의 명분은 결국 인지도의 문제이기도 하다. 유명 작가가 군이 시장성을 염두에 둔 제목을 걱정할 일이 있겠는가. 그 브랜드 자체가 시장성인데⋯. 하루에 100여 권이 출간되는 시장에서 작가의 낮은 인지도를 '눈에 띄는' 제목으로 끌어올려야 그나마 집어 든다는 게 출판사의 논리이다. 그런데 제목이란 게 어차피 결과론적인 것이기도 하다. 모든 책들의 제목이 '눈에 띄게' 지으려고 한 노력인데, 결과적으로 많은 책들이 눈에 띄지 않는 것이기도 하고⋯.

출판사가 하자는 대로 해서 잘되기나 하면 그도 괜찮다. 그런데 잘되지 않은 경우엔, '암탉을 잡으려다 놓친 꼬마'의 기분이다.

"거봐, 내 말은 듣지도 않더니⋯."

이렇게 조롱을 늘어놓을 수도 없는 일이다. 결국엔 내 책이 안 팔린 거니, 웃을 수도 울 수도 없는 노릇이다. 그러나 내가 원하는 제목을 달고 출간이 되었어도 결과는 어땠을지는 모를 일이다. 흔히들 하는 착각, 자신의 생각대로 했으면 뭐가 되어도 되었을 것 같은⋯. 그 또한 실현이 되지 않은 실패의 가능성일 수도 있다. 내가 원하는 제목을 밀어붙여 본 적도 있었는데, 그도 반응이 신통치는 않았다. 그렇듯 내 생각도 맞는다는 보장이 없다.

"거봐! 내가 뭐라 그랬어."

혹여나 이 말을 내뱉고 싶은 욕망이 치밀어 오를 땐, 자신의 생각도 실패의 가능성을 담지하고 있는 경우의 수라는 사실로 스스로를 진정시키시길…. 언젠가 부메랑이 되어 돌아올 말인지도 모른다. 몇 권을 말아먹은 경험이 쌓이다 보니, 이젠 출판사와 기분 상하지 않을 선에서의 절충점을 찾으려고 노력하지, 원고에 대한 내 애착만을 고집하진 않는다. 그렇게 나를 고집해 봐야 도움 될 게 별로 없다. 객관성을 확보하겠노라 행한 시장 조사조차도, 객관의 성격이라기보단 자기편향으로 그러모은 다수일 때가 있기에….

그 남자의 책, 283쪽

실상 성기의 우리말이라고 알고 있는 어떤 경우도 한자의 영향으로 생겨난 어휘라는 견해가 있다. 의자, 탁자, 모자 등의 단어는 현대 중국어에서도 椅子, 卓子, 帽子라고 표기하는데, 중국어에서 '子'는 명사형 접미사이다. 어휘가 유입될 때는 그 발음도 함께 들어오기 마련이다. 현대중국어에서는 子가 '즈'로 발음이 되는데, 예전에는 '지'에 가까웠다고 한다. 그러나 이미 저속이 되어 버린 단어에 이런 변론은 별 의미가 없다. '품격'의 지위를 얻은 단어가 변별이 되어 버린 이상, 어떤 언어학적 근거를 들이대도 그냥 저질의 문화일 뿐이다.

내 어느 졸저의 283페이지에 적혀 있는 구절의 원본이다. 이 꼭지는 푸코의 철학을 설명하기 위한 사례로, 우리가 비속

어로 분류하는 성기의 우리말인 '자지', '보지'도 한자가 유래라는 설이 있다는 의미로 쓴 것이다. 그러나 출간물에 저 단어를 직접 쓸 수가 없어서 '성기의 우리말이라고 알고 있는 어떤 경우'라는 표현으로 대신했다.

그런데 편집자는 이 꼭지의 앞 문장을 이렇게 수정했다.

실상 우리말이라고 알고 있는 성기란 말도 한자의 영향으로 생겨난 어휘라는 견해도 있다.

이 문장은 '성기'라는 말 자체가 한자의 영향이란 의미이지 않던가. 성기라는 단어는 한자의 영향인 것도 아니고, 그냥 性器라는 한자어이다. 편집자가 내 글을 이해 못 했던가. 자신이 쓴 글을 이해 못 했던가이다. 그런데 책을 출간하다 보면 이런 경우가 비일비재이다. 편집자들은 어떤 강박을 지니고 있는지, 그대로 놔두어도 될 부분을 자의대로 고쳐 버리는 바람에, 내가 의도하지 않은 뜻의 문장으로 출간이 되거나 그 과정에서 오타가 나는 경우들이 있다. 이 부분은 얼마 전에 이 페이지에서 무언가를 확인하려다가 발견했다. 왜 교열과정에서 이 부분을 미처 발견하지 못하고 그냥 출간이 됐는가를 설명하자면….

이 책을 출간한 출판사가 인문학을 전문으로 하는 경우는 아니다 보니, 이 원고의 편집을 수주에 맡겼다. 그런데 인문학에 대한 트레이닝이 다소 부족하신 분이었던 듯하다. 그분이 내 원고를 대대적으로 손을 보는 바람에, 그 엉뚱하게 고친 문장들을 내가 다시 일일이 고쳐서 출판사에 보냈다. 편집부의 작업량을 늘리는 경우이다 보니, 또한 어찌 됐건 편집자의 역량을 지적하며 돌려보내는 원고이다 보니, 나도 조금 미안한 마음으로 다시 수정을 했다. 그래서 컴플레인을 최소화하다 보니 이 부분을 미처 보지 못했나 보다.

생각해 보면 웃기지 않은가. 내 원고를 엉뚱하게 고친 부분을, 내가 다시 바로잡는 데 미안한 마음을 가져야 하며, 결국엔 그런 고생 끝에 잘못된 문장으로 출간된다는 사실이…. 더군다나 내 글을 고친 이가 내게 설명을 하는 게 아니라, 내가 그 문장을 다시 고친 이유를 해명해야 한다.

그런데 처음 출간을 하시는 분들은 각오를 해야 하는 문제이다. 그걸 편집 권한이라고 생각하는 출판사들이 생각보다 많다. 또한 편집자마다 글을 다룬다는 자의식이 조금씩은 다 있는 터라, 대개 편집자들은 자신이 각색한 문장이 더 낫다고 생각한다. 그런데 글쟁이들도 자의식이 심한 집단이니 그 각색의 문장이 마음에 들 리 없다. 더군다나 더 낫고 못 낫고의 문제를 떠나, 틀린 의미로 각색이 된 경우임에도 일부 편집자들은 맥락 없이 자신의 경력을 근거로 들이민다. 그렇다고 틀린 채로 출간을 할 수도 없는 법, 또한 그 편집자는 그 오랜 경력 동안 무엇을 겪은 것일까?

유명한 저자분들이야 이런 문제가 있을 이유가 없다. 출판사 쪽에서 그 작가가 아쉬운 입장이니 말이다. 나처럼 박박 기어 온 세월 동안 여러 출판사와 안면을 튼 경우에는 그나마 나은 경우이다. 내가 저 출판사 아니면 책을 낼 출판사가 없냐는, 그렇다고 그다지 대범하지만도 않은, 최소한의 예의를 고민하는 배짱으로 집요하게 따지고 들 수라도 있으니 말이다. 그런데 책을 처음 내시는 분들은, 그 출판사가 아쉬운 분들은 이렇게까지 할 수도 없는 문제이다. 또한 논리적 문법적 오류를 지적한다고 해서 편집자가 다 수긍하는 것도 아니다. 세상만사가 논리만으로 해결되지 않듯….

물론 먼저 자신의 글이 논리적으로 하자가 없는지를 숱하게 살펴야 할 일이겠지만, 유명한 저자가 되거나 자신의 문체를 배려해 주는 출판사를 만나기 전까지는 어쩔 수 없이 겪어

야 하는 문제이기도 하다. 그런데 자신의 글을 해명하는 과
정에서 문법 공부가 되기도 하고, 내게 부족한 부분도 발견이
된다. 그러니 출간에 꿈을 지니신 분들이라면, 글공부, 마음
공부, 인생공부하는 셈 치고 도전하시길….

불안과 함께 살아지다

공교로운 우연의 타이밍은 상관의 도식으로 자리 잡고, 현상을 해명하는 근거로 순환한다. 이미 상관을 넘어 인과로 굳어지는 경우도 있다. 수많은 경우 중 극히 일부의 일치임에도, 우연에 빗겨 간 순간들은 기억하지 않는다. '징크스(jinx)'란 우연에 가하는 필연적 해석이다. 또한 납득할 수 없는 우연에 대한 합리적 이해를 요구하는 열망이기도 하다. 그렇게라도 상관과 인과가 설명되어야 안심이 되기 때문이다. 분명 심리적 효과가 있긴 할 게다. 하지만 남들은 다 아는 원인을 혼자서만 모르고 설정해 버린 징크스라면, 반복되고 있는 필연은 자기 자신이며, 설득할 수 있는 대상 또한 자신 밖에 없다. 결국 자기합리화와 별다른 차이가 없는 것이다.

지금의 시점에서 스스로가 제어할 수 없는, 알 수 없는 시간대에서 발생할 수 있는 부정적 가능성들이 우리에게는 불안이다. 때문에 인간은 그것들을 제어할 수 있는 범주로 끌어오기 위한 합리적 방법론들을 '고안'해 내기 시작했다. 그리고 때론 합리를 넘어선 섭리로 존재하기도 한다. 신이 인간을 창조한 것이 아니라 인간이 저 스스로의 지평대로 신을 창조했다는, 천지창조 마지막 날에 창조된 것이 신이라는, 스피노자와 니체의 불경은 실상 절대적 존재를 부정한 게 아니다. 자신들이 그토록 신성시하는 존재들에게까지 자기 지평대로의 미신적 요소를 투영하는 인간의 비합리를 지적한 것이다.

이토록 합리에 집착하는 비합리적 심리. 스스로는 그렇지 않은 편이라 생각할지 모르지만, 우리는 자기 역사 내에서의 징크스도 무시하지 않는다. 이런 성향의 사람들과는 이랬었고, 저런 경우엔 저랬었기에, 이런저런 상황에 다른 경우가 존재할 수도 있다는 가능성은 열어 두지 않는다. 우리는 왜 그토록 자기중심적 사고로 일관하는가? 실패가 기다리고 있는 선택일지언정, 자기 지평 내에서의 데이터로 관철된 선택만이 합리적이기 때문이다. 그 지평 밖에서 일어

나는 일들은 죄다 불안이다.

반면에 명확한 인과와 그에 따른 해법을 기대하며, 타인이 적어 내린 삶의 지침서를 집어 들기도 한다는 부조리. 그러나 간단한 해법으로 설명될 수 있을 정도로 단순하지는 않은 우리네 삶이기도 하지 않던가. 그렇게 간단할 것 같으면 단지 두 사람이서 하는 사랑이 그렇게 어려울 리 있겠는가. 보다 많은 사람들이 엮여 흘러가는 생활체계가 간단할 리도 없지 않은가. 물론 간단한 이들도 있다. 무소불위의 권력을 지닌 자들이거나, 타인이 지닌 삶의 규칙 따위에는 무관심한 꼰대 혹은 또라이이거나…. 권력은 없다. 스스로를 꼰대라고도 또라이라고도 생각하지 않는다. 그렇다면 이 삶을 살아가는 양태와 문제해결의 방법론이 간단하지 않은 게 당연하다.

사랑의 문제에 있어서 능숙하다는 듯 조언을 아끼지 않는 이들이 저 자신의 사랑에 능숙한 경우 봤나? 실패하지 않는 법 같은 것으로 실패를 하지 않을 것 같으면, 세상엔 성공도 인플레를 겪을 것이다. 삶의 문제도 마찬가지다. 담론의 표집 밖에서 기다리고 있는 불확실성의 함수들은 언제나 존재한다. 따라서 조언은 그저 조언일 뿐, 근본적으로는 스스로 고민을 해봐야 할 문제이다. 물론 모든 가능성을 열어 놓고서 다각적으로 고심 속에서 항상 자신을 갱신해 가는 삶의 태도가 열린 체계이기도 할 테고….

열린 체계는 지금 이 순간의 선택이 틀릴 수도 있고, 다른 해법이 있을 수도 있다는 적정의 불안으로 유지가 되는 것이다. 꼰대들과 또라이들이 자기 신념에 불안해하는 것 봤나? 지 꼴리는 대로 사는 삶이 저 스스로에겐 얼마나 합리적이겠는가. 과도한 긍정의 소유자들이 대책 없이 펼쳐 내는 눈치 없는 열정도 한번 의심해 볼 여지는 있다. 긍정의 철학자라고 불리는 니체도 그런 긍정은 세기말적 현상으로 해석한다. 자신은 둥글게 사는데, 그 주변이 베이는 경우다. 자신은 결코 모난 성격이 아니라고 생각할지 모르지만, 그 매끄러운 인생관은 이미 '모'가 아닌 '날'일 수도 있다.

Ⅲ. 꼰대마을 다이어리

내 친구의 집은 어디인가?

개인적으로 수상 이력의 권위를 신뢰도로 삼는 편은 아니지만, 네티즌 평점은 성실히 참고하는 편이다. 대중들이 재미있다고 하면 재미있는 것이라는 게 내 지론이다. 그러나 네티즌 평점의 타탕도로 감상해 본 영화 〈내 친구의 집은 어디인가?〉는, 평점에 비해 다소 지루하게 느껴지는 부분이 없지 않다. 메시지가 무엇인지도 알겠고, 마지막 장면에 담긴 상징에서도 충분히 감동을 해줄 용의도 있으며, 단 하나의 사건으로 영화 한 편의 러닝타임을 뽑아내는 감독의 역량도 알겠는데….

'정말 이거 재미있는 건가?'

라는, 네티즌들을 향했다기보단 내 자신의 소양을 향한 의구심을 떨쳐 버리지 못한 채, 꾸역꾸역 봤다는 느낌이다.

감독은 내심 《어린 왕자》의 포맷을 의도한 것 같다. 친구의 집을 찾아가는 길에 만나게 되는 어른들을 통해 진부하고도 노회한 '권위'를 비판하고자 한…. 그런데 굳이 왜 집어넣었을까 싶은 러닝타임들도 꽤 있다. 영화는 마지막에 등장하는 노인에게 이 영화의 주제를 대리하는 듯한 선문답을 맡김으로써, 감독의 철학을 완성하려고 했던 것 같다. 그러나 뭐 그렇게까지 세련된 문법으로 느껴지진 않는다.

아랍어를 알아들을 수는 없어도 연기자들의 연기가 어색하다는 사실만큼은 알아볼 수 있었고, 아역배우들의 부단히도 흔들리는 동공에서는 마주하고 있는 카메라감독의 시선이 느껴질 정도이다. 보수적인 이슬람 사회의 87년도라는 사실을 감안해서 봐야 하는 것이겠지만, 아무리 감안하고 이해하려 해도 같은 해에 개봉한 〈리쎌 웨폰〉에 반응하는 내 상업적 코드가 걸림돌이다.

영화의 내용은 대강 이렇다. 사촌 집에 놀러갔다가 공책을 두고 온 한 학생이, 다른 종이에다 숙제를 해왔다. 숙제를 안 해온 것도 아니건만, 선생은 다시 한 번 이런 일이 있을 시에는 퇴학을 시키겠노라 그야말로 애를 쥐잡듯 잡는다. 아직 초등학생인데, 아니 어느 교육과정이었건 간에 뭔 퇴학 사유가 이토록 간단한가 싶지만, 또 아이들은 그 도덕에 수긍하며 자라난다.

그런데 선생에게 호되게 혼이 난 친구의 공책을 그 짝꿍이 가지고서 집으로 돌아오는 사건이 발생한다. 죄다 똑같은 공책을 사용하는 학급인지라, 친구의 것을 자신의 것으로 착각하고 가방에 넣은 것이다. 친구는 또 다시 다른 종이에 숙제를 하게 생겼다. 이는 곧 퇴학을 의미하지 않던가. 영화는 친구의 퇴학을 막기 위해, 어디인지도 모르는 친구의 집을 찾아나서는 동심의 여정을 다루고 있다. 다시 한 번 지정된 공책에 숙제를 해오지 않으면 퇴학을 시켜 버린다는 선생의 으름장, 그리고 획일화된 교육의 상징으로서 전 학급의 학생이 똑같이 사용하고 있는 공책이, 아이가 떠나는 여정의 원인인 셈이다.

친구의 집을 찾아가는 도중에 마주치는 어른들은, 아이가 왜 친구의 집을 찾아가야 하는지에 대해서는 도통 관심이 없다. 아이가 그토록 성실히 설명을 해댔건만, '그래도 된다', '이래야 한다'의 소신만으로 일방적이다. 어른들은 교사의 교육방침을 따르려는 아이의 순수함을 이해하려는 의지가 없다. 그리고 저마다가 생각하는 도덕을 늘어놓는 일에만 열정적이다. 실상 어른들끼리도 서로를 이해하지도 인정하지도 않는 훈육 방식에 아이만 환장할 지경이다.

저놈은 저걸 하라고 하고, 이놈은 이걸 하라고 하는 어른들. 주체적인 선택은커녕, 무작정 어른들의 말을 따르려 해도 하나를 선택해야 할 판국에, 선택되지 못한 충고의 주체들은 서로 왜 자신의 말을 듣지 않느냐고 아이에게 따져 묻는다. 그러면서도 어른 말을 들으면 자다가도 떡이 나온다는 믿음으로 자기 말만 해댄다. 예수께서도 가라사대, 사람이 떡으로만 살 것이 아님에도…, 누가 어른 아니랄까 봐 자나 깨나 그놈의 떡 타령이다. 지금의 시대를 살아가는 우리 사회의 어른들은 어떠할까? 저 건조한 모래 바람 사이에서 여전히 굳건한, 보수적이고도 권위적인 풍토보다는 낫다고 할 수 있을까?

어느 평생교육시설에서의 경험

대학교를 졸업하고도 취업이 되지 않아서, 한 3달 정도를 학력이 인정되는 평생교육시설에서 일을 한 적이 있다. 어려운 시절을 보내느냐, 학업을 그만둘 수밖에 없었던 아주머니들에게 다시 교육의 기회를 제공하는 곳이었는데, 나름 보람도 있었고, 어머님들이 너무 잘 챙겨주셔서 재미도 있었던 나날들이었다. 문제는 그 보람과 재미를 넘어선 유쾌하지 않은 경험들이었다.

이곳에 다니시는 어머님들은 학생과 학부모의 마음을 동시에 지니고 있다. 처음 수업을 했던 날, 어느 어머님이 복도로 따라 나와서 앞으로는 이렇게 저렇게 가르쳐 달라고 요구를 하신다. 다른 어머님들은 그 어머님을 질타하며, 신경 쓰지 마시고 그냥 선생님 편하신 대로 가르쳐 달라고 독려를 해주신다. 어머님들이다 보니 뭐 그럴 수도 있으려니 생각했고, 그 정도의 일로 기분이 상할 만큼 섬세한 성격도 못 된다.

한 달 정도 지났나? 투서 한 장이 날아들었다. 어느 어머님의 따님께서 내가 어머님들을 편애한다고 따지고 들었다. 수업의 경험을 처음 쌓아 가는 시기였던 터라, 시선을 어디다 둘지 몰라서, 맨 앞자리에 앉으신 어머님들과 아이 컨택을 많이 했던 건 사실이다. 그러나 대학교를 갓 졸업한 놈이 어머님들을 뭘 어떻게 편애를 했겠냐 말이다. 정말 환장하는 줄 알았다. 더 환장할 노릇은 학교 측의 태도였다. 이런 교육의 현장에서 잔뼈가 굵은 이들이라면, 이게 어떤 정황이란 걸 대충은 알아야 할 텐데, 교장이나 교무부장이나 할 것 없이 왜 편애를 했냐며 정말 지랄도 그런 지랄을…. 나는 지금까지도 얼마의 경력을 지니고 있다며 전문성을 떠들어대는 말들을 신뢰하지 않는다. 그 경력이란 게 단지 시간의 누적일 뿐, 의식의 누적은 아닐 때가 있다.

그곳을 그만두게 된 결정적 이유는 돈 문제였다. 무슨 행사를 한다고 어머님들께 행사비를 걷으라고 한 일이 있었는데, 나는 그게 돈 걷으란 소리인 줄 몰랐다. 물론 돈 걷으란 소리인 줄 알았어도, 그 돈을 왜 어머님들께 거두어야 하는지 이해가 가지 않아서 안 걷었겠지만…. 돈을 안 걷었더니, 학교 측에서 또 지랄도 그런 지랄을…. 불과 몇 천 원씩이었지만, 결국 내 돈으로 메웠고 다음 날부터 안 나갔다. 이 비슷한 사례들이 한두 건이 아니었다. 강사들도 뭔가가 잘못된 것이라는 사실을 알면서도 각자의 체념을 다독이며 직장을 유지하는 듯 보였다.

경영자 측은, 대외적으로는 언제나 온화한 미소로 자신들의 취지를 선전한다. 주기적으로 언론에서 찾아와 수업 장면을 촬영하고, 매년 졸업 시즌이 되면 뉴스에 '눈물의 졸업장'이란 제목으로 소개가 된다. 그러나 내겐 언론이 보도하는 가치만큼이나 감동적이지만은 않았던 곳이다. 설립자를 페스탈로치에 비유하는 대목을 접할 때면, 헛웃음이 삐져나오기도 하는…. 물론 기치로 내거는 그 숭고한 취지를 모르는 것도 아니거니와, 실제로 좋은 사업들도 많이 한다.

그런데 밖으로 드러나는 취지가 꼭 숭고한 의도로 행하는 결과인 것만은 아닐 때도 있다. 가끔씩 격려차 방문하는 교육감도 자세한 내부사정을 잘 모른다. 하여 설립자에게 존경을 표하고 사진만 찍다가 돌아간다.

불륜과 로맨스 사이

교직 시절의 어느 날, 경기도 교육청 홈페이지에 민원의 대상으로 게재가 된 적이 있었다. 피해자가 가해자를 괴롭혔다가(?), 그러니까 가해자도 참다 참다 못해 주먹을 날린 사건이 있었는데, 피해자가 너무 제대로 얻어맞은 한 방이라 광대뼈가 주저앉았다. 과정이야 어찌 됐든, 가해학생과 그 부모님은 연실 사과를 했고, 피해학생의 아버님은 자신의 아들도 잘못이 있다며 치료비와 학교에서 내리는 징계 정도에서 용서를 하셨다. 그러나 피해학생의 어머님은 아버님의 태도가 마음에 들지 않으셨던가 보다. 가해학생을 경찰서에 고소를 했고, 교육청에 민원을 넣었다. '학교의 미온적인 태도에 관하여'라는 내용으로….

사실 피해학생은 얼마 전까지 집단따돌림 사건의 가해자

였다. 그때 어머님은 친구들끼리 장난이 좀 심했던 것으로 결론을 지으려고 하셨다. 그런데 막상 입장이 뒤바뀌니까, 장난이 아니었던 것. 더군다나 원인은 피해학생이 제공한 경우인데…. 피해학생이자 얼마 전까지는 가해학생이었던 그 녀석은, 수업을 들어가는 교사들 사이에서도 조금 버르장머리 없기로 유명했다. 그 녀석의 광대뼈를 주저앉힌 친구는 평소에는 숫기도 없는 성실한 축구부 학생이었다. 피해학생의 어머님은 축구부 친구가 축구를 못 하게 되는 꼴을 보고 싶어 하는 듯했다.

가해학생의 부모님과 피해학생의 부모님, 그리고 지역인사와 담당경찰관 입회하에서 학교폭력자치위원회를 열었고, 아버님의 선처로써 징계 수위를 결정한 것인데, 경기도 교육청 홈페이지에 학생부 교사들은 학교 폭력에 미온적으로 대처한 학교 측으로서 게재가 되었다.

'죄는 미워하되 사람은 미워하지 마라!'

얼마든지 실천할 용의가 있는 용서의 한 줄이지만, 다만 나와 직간접적으로 관련이 있는 사안이라면 철저히 궤변이다.

'죄 없는 자 돌을 던져라!'

하늘을 우러러 한 점 부끄럼이 없지 않더라도, 나와 관련된 일이라면 돌을 내려놓고서 무기가 될 만한 무언가를 찾아 집어 들어야 할 판이다.

　남에게 행해진 큰 악덕에는 쉽게 용서와 사랑을 말하면서도, 자신에게 행해진 작은 악덕에는 분노를 금치 못한다. 남이 하면 불륜, 내가 하면 로맨스. 남의 경우는 욕정을 사랑으로 착각한 수준 낮은 감성이고, 나의 경우는 하늘만이 허락한 운명적 사랑이다. 하지만 남의 경우는 진정한 사랑이 아니었기에 한 번의 실수를 용서할 수도 있는 일이지만, 나의 경우는 진정한 사랑이기에 한 번의 배신이 더 용납될 수 없는 것이다.

이런 부모 또 없습니다

중년의 여성 네 명이 한 테이블에 모여 식사를 하고 있었다. 오늘의 주제는 자녀들의 교육, 어디에 위치한 어느 학원이 잘 가르친다더라이다. 어머니들의 과도한 교육열에 늘상 태클을 거는 남편들을 회화하는 레퍼토리가 이어진다. 그녀들이 주장하는 자녀교육 제1원칙, '아빠의 무관심이 자녀의 장래를 보장한다'를 서로 공감하며 깔깔대면서 밥을 처자시고들 계셨다.

교직에서 내가 본 어떤 여교사들의 대화였다. 어쩌다 보게 되는 광경이 아닐 정도로 교사집단에 만연해 있는 풍토이기도 하다. 사교육을 선호하는 집단에 공교육 교사들이 많이 포함되어 있다는 사실도 어딘가 모르게 모순되어 보이지 않나? 그녀들은 자신들이 공교육 교사이면서도 정작 공교육을 믿지 못하고 있었다. 실상 마주하고 있는 동료들을 부정하고, 스스로를 부정하고 있던 셈. 서로의 얼굴에 침을 뱉으면서도 깔깔대며 밥알을 목구녕으로 넘기고 계셨던 것이다.

툭하면 학교로 찾아와 극성을 떠는 학부모들에 대해서는 격정적인 성토를 쏟아 내면서도, 정작 학부모로서의 자신들은 돌아보지 못하는 부조리. 사교육의 생존을 위한 노력을 치하라도 하듯, 공교육 교사들의 이런 글러 먹은 정신이 맞물려 돌아가는 현장이 학교이기도 하다. 그러나 그녀들이 교실에 들어가서는 교사랍시고 학생들에게 떠들어 댈 주옥같은 주제가 무엇일지에 대한 짐작은 그리 어렵지 않을 것이다. 같은 입으로 남의 자식들 앞에서는 공교육에 대한 이상을 쏟아 내는 열정, 그 이상한 입으론 그냥 밥이나 처자시지.

어느 TV 특강 프로그램에서 교육컨설턴트라는 사람이 나와 '대치동 엄마'들의 교육방법에 대해 강연을 한다. 강남의 교육을 따라잡기 위한 노하우를 토해 내는 이 강사의 강연에는 '명강'이란 수식이 붙여졌고, 많은 어머니들이 고개를 끄덕이며 공감을 한다. 어딘가에서 아무리 교육의 개혁을 외쳐 봐야 소용이 없다. 어딘가에서는 이 지금의 기형적인 교육 풍토를 지탱하는 부모의 표집들이 자식들을 위한 자신들의 노고를 치하하고 있을 테니까 말이다.

'실패는 성공의 어머니이다.'

그래서일까? 자신의 인생을 실패라고 판단한 것인지, 자식의 인생은 꼭 성공이 되어야 한다는 사명감으로 살아가는 많은 어머니들. 그런데 그 성공의 의미는 당사자가 규정하는 것이 아니라 어머니가 규정하는 것이다. 그래서 자식들은 어머니가 정의한 성공에 맞추어 자라나야 한다. 너도 나도 맹모삼천지교(孟母三遷之敎)를 벤치마킹하는 한국의 맹모들은, 자식이 맹자가 되는 것보다는 자신이 맹모가 되는 일에 더욱 관심이 있는 듯하다. 다시 말해, 자신의 미션을 위해 자식들을 닦달하고 있는 것 같은, 이 또한 부조리.

영재라고 불리는 아동들 중에는 실상 사고력 자체가 우수하다기보다는 선행학습의 결과인 경우가 많다고 한다. 과도한 부모의 기대가 스트레스로 작용하여 부모 몰래 처절한 예습이 이루어지고 있단다. 대부분의 부모들은 그 사실을 모르거나 알아도 부정한다. 또 부정을 해야만 아이가 영재아의 타이틀을 유지할 수 있기도 하다. 자기 자식은 다 천재로 보이는 것이 부모 마음이겠지만, 아이가 부담을 느낄 정도라면 부모의 성향도 대충은 짐작이 가는 대목이 아닌가?

부모는 영재가 아니면서 아이들은 영재아이어야 한다는 믿음은 또 무엇이란 말인가?

자식의 성장과정에서 점점 그 당위성을 입증해 줄 증거물들이 부족해지자, 해결법을 사교육에서 찾는다. 너의 잃어버린 시간을 되찾으라며…. 실상 되찾을 아무것도 없는데, 아이들은 부모의 환상에 떠밀려 다른 것들을 잃어버리게 된다. 부모들은 자식들의 불초를 다그치기만 할 뿐, 자식에게 투영하고 있는 자신의 욕망이 느끼는 허기란 사실까지도 인정하지 않는다. 정말이지 애들도 환장할 노릇이다.

참을 수 없는 존재의 가벼움

밀란 쿤테라는 《참을 수 없는 존재의 가벼움》의 이야기를 이끌고 가는 서브 캐릭터 프란츠를 통해 '키치'의 신념을 비판한다. 시위 행렬에 참여한 프란츠는, 시위가 내거는 캐치프레이즈보단 자신이 그 시위에 참여하고 있다는 사실을 언론에 알리는 것이 급선무인 여배우와 지식인들에게서 스스로의 모습을 엿보게 된다. 한 사진 기자가 밟은 지뢰가 터지고, 사진 기자의 피가 시위대의 피켓에 묻자, 여배우와 지식인들은 더욱 열광한다. 자신들의 행동이 더욱 극렬할 수 있는 당위를 부여받게 된 것이다.

교직 시절, 나는 가끔씩 일부 전교조 선생님들에게서 그런 자의식을 발견하곤 했다. 물론 많은 분들이 나 같은 날라리 교사와는 비교도 안 될 만큼 투철한 교육 철학을 지니고 살아간다. 그러나 정말 교육을 위해서 저런 발언을 하고 있는 것인지, 자신이 발언을 하고 있다는 사실이 더 중요한 것인지가 불분명한 경우들도 없진 않다. 그들 중에는 자신이 전교사를 대표한다는 신념의 열정을 쏟아 내는 이들도 있다. 일선에서 묵묵히 맡은 직분에 성실을 다하며 살아가는 선생님들의 소박한 꿈을, 소극적인 침묵쯤으로 여기는 듯했던….

나도 그들이 말하는 '우리'였는데, 우리에게 저것이 과연 필요한 신념인가를 묻지 않고 자신들의 소신을 '우리'의 명분으로 밀어붙인다. 그리고 스스로에게 진보의 이름을 허락한다. 보기에 따라선 그도 좌로 기운 보수이건만…. 그렇다고 내가 보수를 옹호하는 성향인 것은 아니다. 소통을 모르는 일에 어찌 보수와 진보가 따로 있겠는가? 그저 좌로 기울고 우로 기우는 차이가 있을 뿐, 결국에 그 모두가 퇴보다.

"우리나라의 대학은 10개만 남겨 두고 모두 없애야 해!"

식당에서 밥알을 튀겨 가며 현 교육제도의 문제점에 나름의 해법을 제시하던, 개인적으로는 친하게 지냈던 어느 전교조 선생님. 그런데 아무리 친분이 있어도 따질 건 또 따져 봐야 옳지 않겠나? 이 발언이 과연 진보적 사고의 결과일까?

아니면 군사독재시절 식으로의 퇴보일까? 또한 우리나라에 대학이 10개뿐이라면 그 자신이 교사가 되지 못했을 수도 있었는데, 이 무슨 신자유주의적 '사다리 걷어차기'란 말인가? 말이 담고 있는 내용이 어떠하냐보다는 그 말을 하고 있는 자신의 이미지가 어떠하냐가 더 중요하다. 논리적거나 감동적이거나의 목적이 아닌 어떤 사명감으로 말을 하기 때문에, 종종 말실수로 이어진다.

진보를 자처하는 지식인들 중에서도 이런 경우가 없느냐 말이다. 그저 진보의 허울만 뒤집어쓰고 있을 뿐 실상 정체와 퇴보를 일삼고 있는 허영의 신념들. 요즘에 공지영 작가도 이들에게 날 선 비판을 가하고 있는 것 같은데, 그 비판에는 십분 동의를 하지만, 일정 부분은 그녀 자신에게 돌아가야 하는 비판이기도 하다. 쌍용 사태 관련해 르포 작가들을 그렇게 가볍게 대했던 경우만 보더라도, 논리적이지도 감동적이지도 않은, 그 얼마나 참을 수 없는 존재의 가벼움이었던가. 그 의외에 많은 지식인들의 가벼움이 내뱉는 자의식들 모두가 별반 다르지 않은 성격이다.

횡단보도 앞 임플란트

"임플란트가 77만원!"

헬스장을 가는 길에 잠깐 멈추게 되는 횡단보도 앞에는, 언제나 활기차고도 낭랑한 목소리로 임플란트 가격을 외치며, 치과 홍보문구가 적힌 티슈를 나누어 주는 할머니가 계신다. 매일같이 마주치는 사람이면 기억할 만도 할 텐데, 매일같이 내게도 티슈를 들이미신다. 언젠가부터는 가벼운 목례를 대신하며 티슈는 받지 않는다. 거리에서 이런저런 광고물과 함께 건네받은 티슈가 화장실에 넘쳐 나는 지경이라….

그날도 나는 횡단보도 앞 가게의 차양막 아래에서 신호가 바뀌길 기다리는 중이었고, 할머니는 여느 때처럼 거리를 오가는 사람들에게 티슈를 나누어 주며 임플란트 가격을 외치고 있었다. 그때 그곳을 지나고 있던 한 아주머니가 할머니

에게 다가서면서 물었다. 저를 아시지 않냐고…. 할머니는
그 아주머니를 불편해하는 듯 보였다. 아주머니는 아랑곳하
지 않고 거듭 물었다. 저를 아시지 않냐고…. 할머니는 체념
을 한 듯한 낮은 목소리로 "네, 알아요."라고 대답했다.

　할머니는 그 아주머니에게 지금의 모습을 보이고 싶지 않
다는 듯, 매일같이 일을 하는 장소에서 자못 우왕좌왕하시
던…. 아주머니는 어떤 의미를 담고 있는 듯한 표정으로, 애
써 시선을 피하고 있는 중인 할머니에게 끈질기도록 들러붙
었다. 옆에 있던 남편이 뭔가 낌새가 이상하다 싶었는지, 그
아주머니의 팔을 잡아끈다. 남편 손에 붙잡혀 가는 아주머니
는 남편에게 그 할머니에 관한 이야기를 하는 듯했다. "있잖
아, 자기야. 내가 저 사람 아는데, 예전에 말이지…"라는 식
의….

　자신을 아느냐고 물을 정도면, 친한 사이는 아니었다는 이
야기일 텐데, 그냥 먼발치로 모른 척하고 지나가는 것도 배려
일 수 있지 않았을까? 그 아주머니는 도대체 무엇을 확인하
고 싶었던 것일까? 무슨 사연인지, 어떤 반전의 스토리가 숨
어 있는지를 내가 알 도리는 없지만, 그 아주머니의 표정에는
분명 그 할머니에 대한 특정한 감정이 묻어나고 있었다. 그

냥 열심히 살아가는 모습일 뿐이고, 자신의 삶에도 어떤 미래가 기다리고 있는지 모를 일인데 말이다.

횡단보도 앞에서 신호가 바뀌기를 기다리던 잠깐 사이에 벌어진 일이었다. 신호가 바뀌기 전에 먼저 바뀐 것은 할머니의 목소리였다. 그 아주머니가 지나간 후에는 다소 힘이 빠진 낮은 목소리로,

"임플란트가 77만원…."

을 한 번 읊조리더니, 한동안 그 거리에 가만히 서 계셨다. 신호는 바뀌었고, 나는 횡단보도를 건넜다.

21세기 유재론(遺才論)

관심 있는 사람은 다 아는 LG그룹의 일화. 막대한 비용을 지불하고 자문을 구하는 컨설팅 업체 측에서는 스마트폰을 한때의 유행이라고 판단했단다. 그룹 측에서도 전문가 집단의 의견이 맞겠지 싶어서 기존 제품에 전념했단다. 이 이야기는 외부에 많이 알려진 것이고, LG전자에서 근무하는 직원에게 전해 들은 바에 따르면 컨설팅 업체가 절대 변수였던 것도 아니었다. 그래도 똑똑한 재원들이 모여 있는 대기업이 미래를 내다보는 안목이 그렇게 없었을 리 있나?

당시 이동통신 서비스 시장에서 마케팅으로 재미를 본 CEO가 새로 부임을 했단다. 단말기 시장에서는 가뜩이나 삼성에 밀리고 있던 경쟁구도에서 그가 총력을 기울인 것은 마케팅이었다. 하루가 다르게 변하는 소비자들의 구매 욕구에 대한 이해부족은, 그저 마케팅만 해봤고, 또 그 마케팅으로 성공의 맛을 본 자신감으로 점철되어 있었다. 개발에는 전혀 신경을 쓰지 않고, 오로지 가시적이고도 근시안적인 효과를 볼 수 있는 마케팅에만 열을 올린 것이다.

문제는 그 가시와 근시가 먹히지 않았다는 것, 하지만 자신의 판단이 잘못되었다는 사실을 용납할 수 없었다. 삼성은 업계의 라이벌이라 부르기에도 황송할 정도로 앞서 나가고 있었지만, LG전자는 여전히 마케팅 중이었다. 이곳저곳에서 직원들의 불만이 터져 나오기 시작했지만, 이제 CEO는 불만의 목소리를 단속하기에 이른다. 직원들의 불만이 오너의 귀에 들어갔고, 다행히도 그룹 차원에서의 조치가 취해졌단다.

어쩌면 우리 사회의 병통을 대변하는 한 장면이 아닌가 싶기도 하다. 여기저기서 그러모은 이런저런 데이터의 신뢰도와 타당도는, 상사가 뭘 원하고 있는지에 부합해야 한다. 상사의 경험적 지식에 벗어나 있는 데이터는 모두 오류이다. 창의적으로 사고하라는 말을 그토록 진부하게 늘어놓지만, 옳고 그름은 윗선에서 미리 정해 놓은 규준에 의거한다. 어차피 까일 게 뻔하니, 윗사람의 비위를 맞추면서 욕이나 덜 먹는 게 낫다. 우리에게 구글식 경영은 아직 이르다.

알파고와 같은 인공지능으로 먼저 상사의 생각을 읽어야 할 판이다.

불치하문(不恥下問), 공자는 아랫사람에게 묻는 것을 부끄러워하지 않았다. 어른이란 명분으로 모든 사안에 정당성을 획득하려는 꼰대짓이 유교의 모토인 것도 아니다. 어린 친구들의 견해를 다 들어 보기도 전에 그것이 왜 틀렸는지에 대한 충고를 준비하고 있는 어른들. 그러면서 어린 친구들에게 열정을 기대하는 것도 모순 내지는 욕심 아닌가? 허균은 〈유재론(遺才論)〉이란 글에서, 과연 조선에 인재가 없는 것일까, 아니면 양반사회의 꼰대적 풍토가 인재의 등용을 막고 있는 것일까를 묻고 있다. 어쩌면 우리 사회는 아직도 조선의 패러다임을 살고 있는 것이 아닐까?

4차 산업혁명에 관한 저서들을 읽어 보면, 자주 거론되는 사례가 시대의 흐름에 부합하지 못한 노키아의 패착이다. 핀란드의 풍토를 감안한다면, 채택이 되지 못하고 파쇄기에서 썰어졌을지언정 스마트폰에 관한 비전은 애플에서보다 먼저 제시되었을지도 모른다. 세계가 인정하는 IT 강국에서도 비전을 먼저 제시한 인재들이 없진 않았을 것이다. 그러나 언급 자체를 조롱하는 노회한 쫑코만이 되돌아왔는지도 모를 일이다. '넌 그게 말이 된다고 생각하냐? 그림을 그려도 뭐가 가능한 걸 그려야지, 차라리 애니콜을 더 팔 수 있을 업그레이드를 생각해!'라는 식의….

똔대의 변증법

철학사에서 큰 거점 중에 하나가 헤겔의 변증법이란 사유 도
식이다. 변증(辨證)이란 한자어를 풀이하자면 '아울러 증명
된다'는 의미인데, 이 변증법에는 두 가지 해석 방략이 있다.
정(正)이 반(反)의 작용을 거쳐 합(合)의 자리에 도달하는 도
식과, 반(反)으로부터 정(正)이 분리되어 나오는 도식이다.
쉬운 예를 들어 설명하자면, 주인의 경영철학으로는 도저히
식당이 잘 운영이 되지 않아서, 이런저런 조언들을 통해 새
로운 활로를 모색하려는 경우가 전자에 해당한다. 이런저런
조언들로부터 그동안 주인이 자각하지 못하고 있던 원인이
발견되는 경우가 후자의 입장이다.

키에르케고르를 위시한 헤겔의 비판자들이 지적하는 바
는, 전자의 도식에 초점이 맞춰져 있는 경우이다. 요약하자

면 근본적으로 변해야 할 것들이 변하지 않고서 주변부만 변화를 거듭하는 서사라는 것. 식당이 망하는 데에는 여러 이유가 있겠지만, 가장 큰 이유는 요리사의 음식 솜씨일 게다. 그런데 요리사의 음식이 가게 주인의 입맛엔 딱 맞다. 요리사를 바꾸지 않고, 식당 벽의 인테리어만 줄창 바꾸어 대는 정반합을 거듭한다. 그걸 변화라고 생각한다. 변화는 차라리 주인이 바뀌어야 가능할 지경이다.

후자의 도식은 해석하기에 따라 헤겔의 비판자들과 별반 다르지 않은 입장이기도 하다. 대표적인 경우가 들뢰즈의 '차이'의 철학이다. 내가 믿어 의심치 않았던 신념 혹은 시간의 결대로 떠내려가고 있던 타성에 가로놓이는 사건으로부터 변화가 일어난다는 것. 어제의 것을 폐기하고 내일의 '차이'로 도약하라는, 그러니까 지금 당장 주인의 기준과 요리사를 바꾸라는 이야기이다.

이젠 꼰대들의 사례에 적용해 보자. 부하직원들과 말이 통하지 않는 순간은, 나와는 다른 시대를 겪은 부하직원을 증명하는 동시에 상사 자신이 무엇을 모르고 있는가를 증명하는 장면이기도 하다. 그런데 꼰대들은 부하직원들을 가르치려고만 할 뿐, 자신이 모르는 것에 대한 이해의 의지가 없다. 자기 안에서의 합리를 명분으로, 자신이 잘 모르는 타자의 삶에 훈육을 가하려 들기만 한다. 키에르케고르를 위시한 많은 철학자들이 이런 폐단을 지적했던 것이기도 하다. 선행하는 진리의 자리가 따로 있는 것이 아니라, 각자가 처한 삶의 맥락 속에서 각자의 해석이 있을 따름이다.

그런데 자신의 정합성 안에서 일관되기라도 하면, 그런 상사는 보수적인 성격의 상사이지 꼰대까지는 아니다. 꼰대들은 그 정합성도 갖추지 못하는, 항상 맥락 밖에 서 있는 우격다짐들이다. 분명 이전에는 이렇게 말하더니, 지금은 또 생각이 바뀌어 있다. 부하직원이 느끼기엔, 이건 이래서 안되고 저건 저래서 안 되는, 항상 반대부터 하고 보는 반(反)의 자리다.

그렇게 반대하던, 그래서 결재의 과정 중에는 누락되었던 몇 개의 아이디어는 가끔씩 꼰대 자신의 것으로 상부에 보고가 된다. 그리고 그 사실을 까먹은 채, 부하직원이 내놓았다가 쫑코를 먹었던 그것을, 자신이 생각해 낸 참신한 아이디어인 양 다시 부하직원 앞에서 일장연설을 늘어놓기도 한다. 한두 번 겪다 보면 아이디어가 있어도 말을 잘 안 하게된다. 기껏 열심히 생각해 낸 것으로 욕을 먹거나, 아니면 스틸을 당하거나이니···. 정말 괜찮은 아이디어들은 결재 라인 밖에 숨어 있는지도 모를 일이다. 합(合)의 자리에 자신의 영광만을 욕망하는 똥멍청이 상사들 때문에···.

무지의 오류

《어린 왕자, 우리가 잃어버린 이야기》는 핸드폰으로 녹음해
온 사장님과의 대화를 토대로 원고화 작업을 진행했다. 그
런데 이 작업이 은근히 빡세다. 녹음된 음성을 문자로 바꾸
어 주는 어플이 있다는 사실을 나중에야 알게 된 터라, 몰랐
던 내내 반복 청취를 통해 직접 작성했다. 하긴 어플을 사용
했다 한들 쉬웠을 작업도 아니었다. 대화체를 그대로 유지
하되 문어적 각색도 고려해야 하고, 또 축약의 형태로 글로
옮기는 작업이기에 혹여나 오해가 있을 수 있는 내용들은 어
느 정도로 축약할 것인가를 고민해야 했다.

　그런데 나는 이 작업이 익숙하기도 하다. 학생부에서 근
무할 적에 폭력자치위원회에 들어가면 내가 그 회의 상황 전
부를 수기로 다 써내려야 했다. 처음엔 노트북을 들고 들어

갔었는데, 타자 소리가 너무 시끄러워서, 그 이후로는 쭉 수기로 적었다. 요새 우리가 수기로 문서를 작성할 일이 많기나 한가? 더군다나 피해자 부모님의 격정에 찬 호흡들을 따라가려다 보면 손가락에 쥐가 날 지경이다. 그런데 실상 그렇게까지 디테일하게 기록하지 않아도 된다. 다만 교장 선생님 성향이 어떠냐에 따라 손의 피로도가 결정된다.

그 수기를 토대로 작성한 회의록과 함께 결재를 맡으러 가면, 유난히 결재에 까탈스러웠던 교장 선생님께서 사인을 안 해주신다. 이 문구는 오해의 소지가 있고, 저 문구는 감사 나오면 문제가 될 수도 있다며…. 난 도대체 그 감사라는 게 언제 왔다 가는 것인지도 모르겠다. 항상 내가 수업 들어가 있는 중에 잠깐 들렀다 가는 이들이더만…. 그리고 여간해야 납득을 하지. 현장에서 학부모들과 자치위원들이 한 말을 그대로 옮겨 적은 건데, 그것까지 나한테 뭐라고 하면 어쩌자는 건가. 팩트로 적어 넣기보단 당신의 마음에 드는 구성으로 작성되길 원하셨다. 그런데 그 기준이 일관되지도 않기에, 완벽주의 성향이라고도 할 수 없다. 언젠가부터는 어차피 한 번은 '빠꾸'를 맞을 각오로 교장실 문을 두드렸다. 그렇게 발생하는 이면지는 다시 회의 상황을 수기하는 작업에 활용했다는….

　결재를 하는 입장과 결재를 받는 입장에서 '문제가 될 만한' 기준이 서로 다르겠지만, 또한 나만 그런 경우였으면 나를 반성하겠는데, 교직원 전체가 피곤해하는 장면이기도 했다. 어떤 날은 교직원끼리 메신저가 돈다. 오늘 교장 선생님 기분이 괜찮으신지 한 번에 결재가 났다고…. 그런 날엔 결재 문건이 남아 있던 교직원들이 우르르 몰려간다. 교장 선생님의 까탈스러움에 서로 다른 부서의 교직원들끼리도 소통의 장이 열리는…. 이도 리더십의 효과인 걸까? 교장 선생님은 아셨을까? 교사들이 자신을 불편해한다는 사실을…. 물론 몰라서 계속 그러셨던 거겠지만, 만약에 알았다면 안 그러셨을까?

　또 결재를 맡으러 교장실에 들어간 어느 날, 오늘도 결재해 줄 생각은 없으신가 보다. 당신이 생각하시는 '문장론'에 대해서 또 장황하게 떠들어 대신다. 그런데 그날은 내가 유난히도 지루하게 느껴졌나 보다. 나는 어려서부터 침으로 방울을 만들어 날리는 버릇이 있었는데, 교직에서 일하면서는 내 입에서 그 버릇이 튀어나온 적은 없었다. 딱 한 번 학생들이 보여 달라고 해서 시연을 해보인 경우를 빼고는….

그런데 그날 내가 교장 선생님의 문장론 앞에서 침으로 방울을 날리고 있었다. 침방울이 교장 선생님의 명패에서 상큼하게 터지는 순간을 목도하고서야, 도대체 내가 뭔 짓을 한 건가 싶어서 나도 깜짝 놀랐다. 다행히 교장 선생님은 '오해의 소지'들을 체크하시는 데 온 신경을 집중하느냐 그 광경을 보지 못했지만, 심장이 어찌나 쫄깃해지던지….

요새는 전자결재 방식일 테니 그 풍경이 어떤지는 나는 잘 모르겠다. 여하튼 이 이야기의 결론, 꼰대들이 자신이 꼰대라는 사실을 잘 모르는 이유는, 아랫사람들이 알아서 기기 때문이라는…. 그런데 그 무지가 곧 소외를 의미하기도 한다. 물론 그조차도 알지 못하겠지만….

또라이 질량 보존의 법칙

가끔씩 술에 취해 직장생활에 대한 고민을 털어놓는 후배 녀석이 있다. 물론 그 친구만의 유니크한 상황은 아니다. 모든 직장인이 겪는 애환의 그 녀석 버전일 뿐이다. 그런데 낸들 뭔 해법을 지니고 있을 리가 있나? 더군다나 일반 직장을 다녀 본 적이 없는, 일반 직장보다는 다소 수평적인 구조를 지닌 교직에서의 경험이 전부이다 보니…. 그리고 실상 내 대답을 원하는 것 같지도 않다. 자신이 겪는 어려움을 남들은 결코 이해할 수 없을 거라는 전제를 깔고서 잇대는 애환이다 보니…. 좋으나 싫으나 오늘과 별반 다르지 않을 내일을 살아가야 하는 어쩔 수 없는 현실 앞에서, 이미 스스로가 내놓은 답에 대한 해명을 들어 달라는 것 같다. 그래서 대화 중의 대부분은 내가 들어야 하는 말이다. 그리고 녀석이 듣고

싫어 할 만한 이야기만 건넨다. 때문에 언제나 대화의 결론
은 뻔하다. 너 나 할 것 없이 그냥 다 그러고 사는 세상이라
는….

나는 그 일이 싫어서 그만둔 것이라기보다는 더 좋아하
는 일을 하고 싶어서 접은 경우이고, 애초에는 과감하게 집
어던지고 나온 것도 아니었다. 내가 겪은 상황과 다른 이들
이 겪은 상황이 엄연히 다르기에, 내 방식이 어떤 해법이라
고 생각하지도 않고, 좋아하는 일을 하며 사는 삶에도 남들
이 모르는 고충은 있기 마련이다. 그래도 이 생활체계의 만
족스러운 점 중 하나는 관계의 문제로부터 자유롭다는 것이
다. 그냥 이해관계로 얽혀 있는 사람은 비즈니스적으로 만
나면 되고, 인간적으로 만나고 싶은 사람과는 소주 한잔 기
울이면 된다. 굳이 감내하면서까지 마주할 필요는 없다.

또라이 질량보존의 법칙은 교사집단도 피해 가지 않는다,
선생들 중에도 또라이 은근히 많다. 우리가 학창시절부터
익히 봐온 그 또라이 교사들을 이젠 동료로 마주해야 하는,
학창시절보다야 조금 나은 상황이긴 하지만, 같은 부서에서
근무하면 그도 적잖이 미칠 노릇이었다. 진화론적으로 살펴
보자면, 이 또라이 군단들은 바퀴벌레와 같은 생명력을 자

랑한다. 어떤 불미스러운 일에도 그 자리를 굳건히 지킨다. 상식적이고도 양심 있는 이들이 보다 못해 더러워서 떠나가는 경우가 있을망정…. 하여 어느 조직이든 간에 제 적량의 또라이를 항상 보유하기 마련이다.

웃긴 건, 또라이들은 다른 또라이의 부조리에는 또 필요 이상으로 격분을 해댄다는 점이다. 저 자신은 꽤나 상식적이라는 듯. 같은 맥락에서 생각해 볼 일, 저들을 성토하고 있는 나 역시 누군가에겐 그런 또라이 중 하나가 아닐까? 자신이 그토록 부정했던 상사의 부조리를, 상사가 된 후에는 조직의 관행과 관리의 효율성이란 명분으로 끌어안는 모든 순간에 스스로를 의심해 볼 필요가 있다. 또라이 질량보존의 법칙, 그 일정한 밀도의 원인이 나 자신인지도 모른다. 우리 조직에는 그런 또라이가 없다고 생각된다면, 바로 내가 또라이인지도 모를 일이고….

담배로부터의 회상

1

학교에서는 절대 금연이다 보니, 흡연을 하는 교사들도 원래 교문 밖에 나가서 피고 들어와야 한다. 오히려 학교 밖에서도 피지 말아야 할 학생들은 교내에서 피워 댄다는…. 하지만 선생인들 어디 꼼수가 없으랴. 학교 안의 후미진 곳, 특히나 담배 피는 학생들에게 안전하다고 생각되는 지정학적 위치는 선생들에게도 좋은 아지트가 된다. 물론 학생들이 숨어서 담배를 피울 만한 포인트를 애초에 점거로써 봉쇄한다는, 되도 않는 나름의 이유가 있긴 하다만 목적은 오로지 담배이다.

학생들은 웬만해선 그곳 근처에는 얼씬도 하지 않는다. 하지만 갓 들어온 신입생들이라면 이야기가 달라진다. 지들이 보기에는 완벽한 장소이겠지만, 선배들이 쌓아 놓은 수많은 데이터로 선생들에게 선택된 성지(聖地)에서 입학 첫날부터 담배를 피우다 적발이 되는 경우가 거의 100%이다. 더군다나 자신들이 완벽하다 생각한 외진 곳은 퇴로가 없어 도망을 갈 수도 없는 막다른 상황이다. 완벽함은 학생들의 것이 아니라 학생부 교사의 몫이다.

신입생들이 입학하는 날이면 그곳에선 어김없이 담배연기가 피어오른다. 사각(死角)의 모퉁이를 돌면, 한쪽 손을 바지 주머니에 찔러 넣은 채 짝다리를 짚고서 담배를 쥐고 있는 똥폼의 무리들과 마주칠 수 있다. 담배를 쥔 매무새로 보아 담배를 배운 지는 제법 된, 중학교 내내 학생부 좀 들락거렸을 스타일들이다. 교사와 눈이 마주친 신입생들은, 놀란 표정으로 채 뱉지 못한 연기를 삼키며, 채 다 태우지 못한 장초를 밟아 끈다. 그래도 기특한 것은 초면인 내가 선생이란 사실을 직감하고 무의식적으로 인사를 한다는 점이다.

"안녕하세요!"

하지만 예의를 지키려 하기엔, '요'에서 콧구멍으로 뿜어져 나오는 연기를 지들도 어찌할 수 없다.

"맞고 끝낼래? 학생부로 갈래?"

그래도 입학 첫날이라, 은혜를 베푼다. 게다가 어차피 내
겐 업무로 쌓이는 녀석들이다. 중학교 때부터 피워 온 놈들
이기에 향후 일정이 얼마나 짜증 날지에 대해선 익히 알고
들 있다. 그래서 모두가 매를 택한다. 이 순간에는 학생인권
조례니 뭐니 하는 것들은 문제가 되지 않는다. 나는 학생들
에게 선택권을 주었고, 그들의 선택을 존중한 것뿐이니 말이
다. 이런 경우가 한두 번도 아니다 보니 이 장소에는 아담한
몽둥이도 상비가 되어 있다. 녀석들 대부분은 그 하루가 가
기 전에 나와 학생부에서 다시 대면하게 된다. 하루 종일 최
적의 장소를 찾아다니며 담배를 피우다가 결국엔 적발이 되
는 시행착오의 끝자락에, 아까 마주친 학생부 교사가 기다리
고 있을 것이다.

내가 생각하는 것은, 남도 생각하고 있다. 아니 세상 어딘
가에선 이미 오류의 사례로 증명이 된 사안에, 사회학 이론
한 페이지 들여다보지 않고서 저 자신의 기지에만 전념하는
자기애가 유레카를 외치고 있는지도 모를 일이다. 학생들을
예로 들었지만, 주로 어른들에게서 더 많이 발견되는 오류
다. 우리가 저지르는 오류들이 거의 다 이렇지 않은가. 때론

그 결과가 몇 대의 매와 한 장의 반성문으로 퉁칠 수 있는 정
도가 아니라는….

2

내가 교생실습을 나갔던 즈음에, 교내에서의 흡연이 전면적
으로 금지가 됐다. 아직 시대의 흐름에 적응하지 못하시던
담당 교사는, 창문 샤시에 매달리다시피 하면서 창밖으로
고개를 내밀며 어려운 한 대를 피우기도 했던…. 나름 진보
의 가치를 목 놓아 부르짖던 전교조 교사셨는데, 자기 흡연
습관에서만큼은….

　돌아보면 여학생들이 함께 북적거리는 과방에서도 남자
선배들은 연실 담배를 피워 댔다. 또한 지상에 위치한 역에
서도 지하철을 기다리면서 담배를 피울 수가 있었고, 기차에
서도 칸과 칸을 잇는 통로에서 담배를 피웠다. 더 이전에는
버스 안에서도 기차 객실 안에서도 담배를 피웠던 시절이 있
었다. 지금에는 상식인 것이 아직 상식이 아니던 시절에는,
흡연을 왜 굳이 밖에 나가서 해야 하는 것인지를 이해할 수

없었다. 그리고 비흡연자들도 그런 흡연 문화를 당연한 것으로 받아들였다. 지금의 상식에서 돌아보면 비흡연자의 입장을 이해해 보려는 노력이 없었던 것이기도 하다.

사람들이 많이 몰리는 공적 장소들이 금연구역으로 지정된 이후, 시간이 지날수록 법이라서 지키는 것이라기보단 타인에 대한 에티켓이란 인식이 자리 잡아 가고 있다. 강제성을 띠고 시작은 되었어도, 사회의 의식 수준과 더불어 변해 가는 인식이다. 배려의 행위로 생각하면서 흡연자들이 조금의 불편함을 감수하면 그만인 일이다. 개인적으로는 연초를 끊고 나서 보니, 사람들이 많이 오가는 거리 한가운데에서 피워 무는 모습들이 그다지 보기 좋진 않다. 금연을 하고 나서야 내게도 비로소 상식으로 다가와 버린, 그 이전에는 나도 행하고 있던 비상식.

그러나 아직도 간간히 눈에 띠는, 시민들 산책하고 있는 공원 입구의 금연 표지판 앞에서 당당히 담배를 피워 물고 있는 어르신, 아이 손을 잡고 가는 엄마 옆에서 담배를 피워 물고 있는 아빠, 횡단보도 앞에 서 있는 많은 사람들 사이에서 담배를 피워 무는 청춘. 이는 타인을 배려하지 않는 이기적인 개인주의 이전에, 시대의 상식을 함께하지 못하는 낮은 의식

수준의 문제이다. 글을 모르고 지식이 없는 것이 무식한 게 아니다.

꼰대, 얌생이 그리고 쓰레기들

어느 날 학교 밖에서 용무를 보고 다시 학교로 돌아오는 길에, 학교 앞 분식집에서 컵밥을 들고나오는 남학생들이 내 앞으로 걸어가고 있었다. 어쩌다 보니 내가 그들의 뒤를 밟는 모양새가 된…. 요즘에는 하교 시간 이전에 교문 밖을 나서는 학생들은 반드시 외출증을 끊어야 한다. 이 또한 우리 때는 전혀 상식이 아니었던 것이 지금의 시절에는 상식이 되어 버린 경우이다. 그렇다고 우리 때 학생들의 의식수준이 더 높아서 그랬던 건 아니다. 그만큼 지금보단 톨로런스가 좋았던 시절이라고나 할까?

쉬는 시간을 이용해, 슬리퍼를 신고 나가 학교 컵밥을 사먹고 돌아갈 정도면 외출증을 끊지 않았을 게 분명하다. 컵밥 사먹으라고 외출증 끊어 줄 교사도 없을뿐더러…. 한창 먹을 나이이니, 교칙에서 벗어난 그 잠깐 동안에 대해 잔소리를 퍼부은 적은 없다. 10분이 빠듯할 터, 학교로 돌아가는 시간까지 활용해, 길을 걸어가면서 먹는 다급함도 이해는 한다. 그런데 몇몇 놈이 학교 담벼락 사이에 다 먹은 컵밥의 종이 용기를 슬쩍 얹고 간다. 바로 뒤에 내가 따라오고 있다는 사실을 모르고서….

내 아무리 정의감에 불타는 피 끓는 청춘은 아니었더라도, 또 그런 얌생이 같은 꼬라지는 보지 못하는 성격인 터. 그러나 또한 어른으로서 최소한의 품위는 지키고자 했던 노력의 나지막한 목소리로….

"야! 다시 주워!"

담벼락 위의 그것들을 다시 집어 드는 녀석들의 표정이 겸연쩍음이었는지, 아니면 짜증이었는지를 분간할 수 없는 거리였지만, 분명 좋은 기분은 아니었을 게다. 내 까칠한 말투에 적잖이 자존심도 상했을 테고…. 녀석들 사이에서는 내가 '그깟 쓰레기 하나' 때문에 피곤하게 구는, 그 얼마나 꼰대였겠는가? 그러게 왜 욕먹을 짓을 하고선 욕먹은 걸 기분 나빠하느냐 말이다. 상냥한 말투로 타이르기에는 그런 학생들이 너무 많다. 실상 내 까칠함 속에는, 이젠 타이르기에도 치진

한숨이 섞여 있던, 공기 반 소리 반이었다.

교실로 들어가던 녀석들이 그 컵밥 용기를 얌전히 쓰레기통에 버릴 거라곤 생각하지 않았다. 아니나 다를까. 녀석들의 동선을 따라 교무실로 올라가다 보니, 녀석들이 복도 계단 창가에 놓고 간 그것들이 보인다.

'요런 씨발 놈들이 진짜….'

창가의 그것들을 내가 주워 쓰레기통에 버리면서도 어찌나 열불이 나던지…. 이쯤 되면 최소한으로 지키고 싶었던 품위고 뭐고 상관없어진다. 열불은 나는데, 최소한의 품위를 생각하다가 몇 학년 몇 반인지는 확인도 안 했고, 그렇다고 그 녀석들을 찾아내서 한바탕 갈구는 건 또 좀스러워 보이고….

실상 학창시절의 나도 그렇게 공중도덕을 잘 지키는 학생은 아니었다. 그런 경우가 아니더라도 학생들로부터 떠올려야 했던 내 어린 시절에 관한 반성의 장면들이 많았다. 그래도 그렇지 컵밥 용기를 쓰레기통에 버리는 것이 그렇게 어려운 일인가? 정말이지 떡볶이 국물에 담가 버리고 싶은 그 얌생이 새끼들만큼이나, 그깟 컵밥 하나로 가슴에 열불을 일으키는 나도 어지간히 좀스러워졌다고 느꼈던…. 그렇다고 그

걸 모른 척 넘어가 주는 것이 어른 된 자의 똘레랑스였을까?

내게 모든 학생을 사랑할 수 있는 고귀한 철학 같은 건 없었다. 그저 내 '최소한'을 지키려, 이해하는 척했을 뿐이다. 지금이라고 크게 다른 것은 아니다. 청춘들이 듣고 싶어 할 만한 이야기만을 늘어놓고 싶지는 않다. 그렇다고 어떤 훈계의 자격을 지닌 인품이라고도 생각하지는 않는다. 내가 살아온 인생조차도 허점투성이인 터라…. 그러나 누군가의 입장에서는 꼰대짓일 수도 있을, 적량의 '귀찮은' 도덕도 반드시 필요는 하다. 실상 길가에 쓰레기를 버리지 말라는 정도의 말은 유치원 때부터 들어왔을 터, 꼭 어른들이 닦달을 해야 하는 일도 아니지만…. 지금의 시절엔 꼰대의 주체나 객체나 개인주의와 이기주의를 구분하지 못하고 있는 듯하다.

철학을 공부하는 방법

1

블로그에 달린 어느 댓글에 관한 이야기. 내가 사르트르에 관한 포스팅을 쓰다가, '순수 존재'라는 말을 사용했었던가 보다. 그런데 댓글을 다신 분께서 자신은 《존재와 무》에서 '순수 존재'라는 표현을 본 적이 없다며, 사르트르를 정말로 읽어는 봤냐는 둥, '순수 존재'라는 말은 당신이 만든 것이냐는 둥, 사르트르의 번역서를 직접 읽은 게 아니라 2차 해설서를 읽은 게 아니냐는 둥 비판을….

'순수 존재'에 대한 이야기를 하기 전에 묻고 싶은 것은, 왜 2차 해설서가 어때서? 고병권의 니체도, 이진경의 들뢰즈도, 지젝의 라캉도, 들뢰즈의 스피노자도 2차 해설서인데…. 그런 지식적 위계의 선입견을 안고서 읽는 사르트르가 제대로 된 사르트르이기나 할까? 또한 댓글을 다신 분의 문제는 2차 해설서를 보지 않은 탓에 발생한 것이기도 했다.

나도 《존재와 무》를 읽은 지 오래전이라, '순수 존재'라는 말이 언급이 되었는지 어땠는지는 기억이 나지 않는다. 그런데 분명한 건 저것이 헤겔의 저서에 등장하는 개념이긴 하다는 사실이다. 아니 사르트르에 대해 이야기를 하다 보면, 헤겔과 마르크스, 하이데거의 철학사 위에서 '존재와 무'가 설명되는 것도 당연한 일이지…. 비판하신 분의 댓글은 적어도 헤겔을 알지 못한다는 고백이기도 했고, 자신이 뭘 모르고 있는지를 모르는 상태에서 모르는 것에 대해 비판을 하고 있다는 고백이기도 했다. 그렇듯 자신이 안다고 생각하는 것을 말하고 싶어 하는 욕망은, 자신이 모르고 있다는 사실에 대한 고백일 때도 있다. 그리고 대개 이런 부류들이 과감하다.

그리고 굳이 헤겔의 언어가 아니더라도, '순수 존재' 정도는 문맥상으로 이해할 수 있는 단어 아닌가? 블로그에 써내리는 지식이라 다소 우습게 보셨는지? 그분은 내게 자신이 《존재와 무》의 번역서를 읽는 수준이라는 사실을 알리고 싶었던 것 같다. 실상 이런 부류의 관심은 논박이 아니다. 자신이 철학을 읽는다는 사실이 중요하고, 자신이 그런 지식을 읽는 수준이란 사실을 알리는 게 중요할 뿐이다. 그들에겐 자신이 알고 있는 지식 안에서의 결론 이외에는 모두가 논점을 벗어나는 이야기일 뿐이다. 그리고 철학의 언어를 빌린 욕을 싸지르고 가는 결말이 일반적이다.

철학을 공부한 지가 얼마 되지 않은 티가 역력한 분들이 시비를 걸어오실 때가 있다. 그리고 철학을 공부하는 이들 사이에서도 '이런 부류'에 대한 담론도 하나의 주제이다. 그냥 무시하는 게 상책이라는…. 혹여 여기저기서 자신의 의견이 무시를 당하고 있는 입장이거들랑, 상대에게 예의를 따져 묻기 전에 한번 스스로의 태도를 반성해 보시길….

도올 교수에게 동양철학으로, 진중권 교수에게 미학 지식으로 시비를 거는 이들도 있으니, 내 입장에서 뭐라 할 일은 아니지만, 분기 별로 꼬이는 엄한 댓글이 너무 귀찮기도 해서…. 예전에는 일일이 재반박의 답글을 달았었는데, 이제는 그냥 대꾸도 안 한다. 몇 번의 경험이 있던 터라, 이젠 댓글의 어투만 봐도 대강 안다. 전개될 양상이 뻔히 보이기도 하고, 그 짐작이 별로 틀리지도 않고….

2

어느 분께서 자신이 읽은 책에 스피노자는 데카르트를 잇는 철학자라고 적혀 있었다고 댓글을 다셨는데, 스피노자는 데카르트의 계보라기보다는 대척점에 있는 경우이다. 물론 데카르트에게서 영향을 받은 것은 사실이지만, 데카르트를 풍자하느냐 《에티카》를 수학적 정리 방식으로 썼을 정도로 비판적으로 수용한 경우이다. 모르긴 몰라도 아마 그 책에 쓰여 있었다는 '잇는'의 뉘앙스는 대륙의 합리론으로 묶인다는 의미였을 게다.

데카르트는 정신과 육체를 철저히 분리해서 생각한 반면, 스피노자는 동양의 일원론에 가까운 철학으로 그전까지 서양철학에서 소외되어 온 신체의 지위를 재정립한 경우이다. 데카르트주의와 스피노자주의라는 말이 있듯, 각각 정신과 신체 혹은 이성과 감각의 대명사이다. 그런데 이런 지식은 어려운 난이도도 아니고, 그냥 교양서 수준의 책들만 들춰 봐도 습득이 가능한 사례이다.

괜찮은 2차 해설서들로 철학사 대강의 줄기를 파악하고 그 위에 살을 덧붙여 가는 방식도, 철학을 공부하는 하나의 방

법론이다. 그리고 괜찮은 해설서를 직접 찾아보는 과정까지
가 철학이기도 하다. 괜찮지 않은 책들에도 분명 알아 두어
야 할 만한 지식들은 적혀 있기 마련이다. 여러 권의 해설서
로 스스로 입체감을 잡아가는 와중에, 번역서를 직접 읽어 보
기 시작하면, 그 말이 이런 뜻이었고, 그 인용문이 이 구절이
었구나 하며 깨닫는 순간들이 다가온다.

어떤 철학도 저 홀로 발생한 건 아니고, 누군가를 옹호하
거나 비판하면서 이어져 온 경우라, 철학사의 큰 줄기를 아
는 것도 중요하다. 전공을 들어가기 전에도 일단 교양수업의
기초지식으로 전체를 조망하지 않던가. 해설서들을 통해 거
시적으로 파악을 한 이후, 마음에 드는 철학으로 미시적으로
파고 들어가면 되는 일이다. 치즈의 종류를 모르면서, 고르
곤졸라 피자의 장인이 되겠다는 생각도 졸라 웃기지 않은가?
해설서를 읽는다는 사실에 자존심이 상하거들랑, 읽고서 안
읽은 척을 하면 그만인 일이고⋯. 자신이 뭘 모르고 있는지
도 모르는 것보다야 그게 낫지 않겠나?

3

자신을 서울대 법대생이라고 밝힌 누군가와의 일화. 어느
저서에서 읽었다면서, 나에게 라캉과 불교의 空사상에 대한
의견을 블로그 댓글로 물어 오셨다. 그분이 읽었다는 내용
은 정신분석에서 말하는 환상 개념이 불교에서 말하는 空과
色의 도식이라는 요지. 그래서 지젝의 구절을 빌린 내 생각
을 말씀드렸다. 그랬더니 자신이 읽은 책에는 그렇게 쓰여
있지 않았다며 진상을 떨어 대기 시작한다.

　이런 경우를 종종 겪다 보니 이젠 댓글 성향만 봐도 대강
그 전개가 짐작이 된다. 그래서 나도 오롯한 내 생각이 아닌
지젝의 구절을 빌렸던 것이다. 그런데 자신이 읽은 책이 맞
고 지젝은 틀리다는 논리는 도대체 뭘까? 그리고 그럴 거면
내 생각을 묻지나 말던가. 물었기에 대답을 한 것뿐인데….

　내 입장에서는 그 진상을 계속 보고 있을 이유가 없지 않
나? 그래서 댓글을 차단했더니 이번에 쪽지가 날아든다. 도
대체 이건 뭔 집착일까? 또 이런저런 진상을 늘어놓더니, 뜬
금없이 자신이 서울대 법대생임을 밝힌다. 그래서 뭐? 나는
단국대 사범대 출신인데 뭐 어쩌라고? 그도 법철학이나 정의

론에 대해 말하는 중이었다면 감안해 줄 용의가 있지만, 서울대 법대생이란 사실이 자신이 이해한 라캉의 정신분석에 대한 논거인가?

댓글 다시는 분들 중엔 여러 자아를 가진 분들이 종종 있는 터라, 서울대 법대생이라는 그 말도 곧이 믿지는 않는다. 이 일화를 언급하는 자체가 서울대 법대의 명예를 실추하고 있는 사례인지도 모르겠고…. 어찌 됐건 그에겐 '서울대 법대'라는 기표가 자기 지식의 명분이었다는 것. 되레 이 경우가 라캉을 적용해야 할 사례이기도 하다. 만약 그 친구가 정말로 서울대 법대생이라면, 학습능력은 출중할 테니 멀지 않은 미래에 법조인이 될 수도 있을 것이다. 그가 과연 어떤 법조인이 될까? 현대 사회를, 특히나 한국 사회를 설명하기에는 아직까지도 라캉의 지식은 이래저래 유용하다는….

IV. 꼰대의 경계

지상의 별처럼

우리나라에서도 화제가 되었던 영화 〈세 얼간이〉에서 주연을 맡았던 아미르 칸은, 자국민들에게도 크나큰 사랑을 받는 국민배우라고 한다. 인도 사회에 만연해 있는 혹은 은폐되어 있는 부조리를 고발하고, 사회적 약자들을 위한 다양한 활동을 펼치고 있는, 행동하는 지성이자 그야말로 영화처럼 사는 영화인. 그가 감독과 주연을 겸했던 〈지상의 별처럼〉의 주제는 〈세 얼간이〉와 맞닿아 있다. 우리가 말하는 '꿈'이란 것이 과연 자신이 정말로 원하고 바라는 열망의 방향성일까, 아니면 어른들로부터 강요되어졌던 가치들로 학습된 욕망일까에 관한 문제.

〈지상의 별처럼〉에 설정된 반전 장치는 난독증이다. 공부에는 도통 관심이 없고 늘 말썽만 부리는 아들을 기숙학교에 가둬 버린 아버지에게, 기숙학교의 교사가 찾아와 아이가 겪고 있는 난독증에 대해 설명한다. 난독증 증세가 있는 사람들은 글자의 습득과 해석에 어려움을 호소하는 것뿐만이 아니라 동시적으로 이루어지는 행동에도 어려움을 느낀다고 한다. 난독증 환자에게 공부의 행위는, 글자를 읽으면서 해석을 하고, 외운 것을 상기해서 손으로 쓰는 두 가지 이상의 조합인 셈이다. 그러나 또래에 뒤떨어지는 학습능력을 들키고 싶지 않아서, 아이는 차라리 '산만한 아이'가 되고자 했던 것이다.

그러나 교사의 애타는 설명에도 불구하고 아이의 아버지는 도통 이해를 하지 못한다. 아니 이해하고자 하는 의지가 없다. 그저 아이의 인성에 문제가 있다고만 생각한다. 그 순간 교사는 옆에 있던 조립식 완구 상자를 아버지에게 들이밀며 상자에 쓰여져 있는 글자를 읽어 보라고 한다. 아버지는 중국어(더 정확히는 일본어였다)로 쓰여진 것을 어떻게 읽느냐고 반문하지만, 교사는 지금 당신 아이의 상태가 이와 같다며 아버지의 몰이해를 다그친다.

그런데 이 경우는 비단 난독증을 겪는 아이와 부모 사이에 대한 비유만도 아니다. 실상 어른들 사이에서도 서로에 대한 난독과 난독이 대립하는 경우가 비일비재한 세상, 우리는 자신의 문법에서 벗어나 있는 존재들에게 부단히도 자신이 좋아하는 문체까지 권유하곤 한다. 더군다나 부모와 선배라는 지위가 확보되었을 시에는, 그것이 정답이라는 명분으로, 적어도 보다 나은 것이라는 명분으로 강요를 한다.

정의론에서 많이 언급되는 철학자 존 롤즈(John Rawls)는 이렇듯 개개인이 지닌 각자의 문법을 모국어에 비유한다. 모국어와 외국어 사이에는 동등한 반성적 거리가 존재할 수 없다. 모국어는 이미 삶 속으로 들어와 구조화된 생활체계이기도 하기에, 반성적 거리를 확보하는 일 자체가 불가능하다. 그래서 간혹 타인의 언어규칙에서 자신의 문법을 구현하고자 기를 쓰면서도 뭐가 잘못된 것인지를 깨닫지 못하는 것이다. 이를테면 외국어 전공자들의 언어 지식에, 그 언어에 대한 이해도를 구비하지 못한 이들이 자신에게 익숙한 문법을 들이대면서, 그 언어는 문법이 이상하다고 지적을 해대고 있는 것이다.

'남에게 대접을 받고자 하는 대로 너희도 남에게 대접하라'는 기독교적 아가페가 상징적 폭력으로 변질하는 이유도 그렇지 않던가. 내가 원하는 것을, 상대도 원하는 것은 아니다. 자신의 체계 내에서는 그것이 지극히 합리이고 정의일 지는 몰라도, 타인의 입장에서도 그것이 합리이고 정의인 것은 아니다. 더군다나 타인의 합리를 존중하지 않는 태도 가 어찌 정의일 수 있겠는가. 저마다가 견지하고 살아가는 삶의 문법이 다르건만, 우리의 대부분은 타인의 문법에 관 한 이해의 노력조차 기울이지 않는, 난독을 넘어선 맹시의 소유자들이다.

그런데 저 그리스도의 어록은 과연 그리스도께서 하신 말 씀 그대로 적힌 것일까? 그리스도의 지평으로 저 정도의 오 류를 알지 못하셨을까? 그 후학들부터가 말에 대한 제대로 된 해독력을 갖추지 못했던 결과, 그 진보적 탄생과는 달리 역사 내내 보수적 성향을 유지하고 있는 기독교인 것은 아닐 까?

후생가외 (後生可畏)

선악(善惡)에 관한 맹자와 고자(告子)의 설전은 각각 루소와 로크의 선구가 되는 입장이다. 고자는 선악의 결정을 둑이 터지는 곳으로 흘러나오는 물에 비유한다. 즉 물이 나아감에 동서의 방향이 미리 정해지는 것이 아니듯, 선악의 조건이 함께 던져지기 전까지는 선도 악도 미리 존재하는 것이 아니라는 주장. 이에 대한 맹자의 반론은 물이 동서의 방향이 없을지언정, 아래로 흐르는 성질은 지니고 있다는 것이다. 그렇듯 인간은 선한 본성을 지니고 태어난다는….

여기서 발견되는 맹자의 오류는, 고자에 대한 반론 근거를 제시하지 않고서 자신의 주장을 개진했다는 점이다. 실상 고자는 단지 자신의 생각을 말했을 뿐이다. 그에 대한 맹자의 반론이기에 반론의 근거는 맹자가 제시를 해야 하는 상황이다. 그러나 동서의 방향을 말한 고자의 주장이 어디가 잘못되었는지에 대한 언급은 없다. 그저 '아래로 흐르는 성질'에 관한 자신의 견해를 잇대고 있을 뿐이다. 또한 그 '아래로 흐르는 성질'이 선의 의지인지 아니면 악으로의 엔트로피인지에 대한 근거도 제시되지 않는다. 그저 물이 아래로 흐르는 성질은 곧 선이라는 전제에 기대고 있을 뿐이다.

이건 나의 공연한 트집이 아니라, 학계도 지적을 하는 바이다. 《맹자》는 적지 않은 논리적 오류를 지닌 텍스트로 평가된다. 물론 이것이 맹자의 지평을 증명하는 사례는 아닐 테고, 후학들의 빗나간 충정이 일방적으로 편집을 가한 흔적일 게다. 그래서 맹자의 오류에 고자가 아무 반박도 하지 못하는 모양새인 것일 테고….

《장자》의 파편 중에서도 이와 비슷한 장면을 찾을 수 있다.

장자 : 물고기가 즐겁게 노니는구나!

혜시 : 자네가 물고기도 아니면서 물고기의 즐거움을 어찌 아는가?

장자 : 자네는 내가 아닌데 물고기의 즐거움을 모른다는 것을

어찌 아는가?

혜시 : 내가 자네가 아니니 본래 자네를 알 수 없네. 자네도 물고기가 아니니 물고기가 즐거운지 알 수 없는 게 분명하네.

장자 : 처음으로 돌아가 말해 보세. 그대가 방금 말하기를 '자네가 어찌 물고기가 즐거운지 아는가?'라고 말했을 때 그대는 이미 내가 그것을 알고 있음을 알아차리고 물은 걸세. 나 또한 물고기가 즐거운지를 알 수 있다네.

장자의 우화는 철학뿐만이 아니라 문학으로서의 가치도 탁월하지만, 논리가 언제나 완벽하지만은 않다. 혜시의 딴지도 사뭇 꼰대적이지만, 그에 대한 대답이 궤변인지 어떤지를 떠나서, 장자의 브랜드로 굳이 저 논박에서 이기고자 저런 몽니를 부릴 필요가 있었을까? 이는 《장자》 외편 '추수(秋水)' 챕터에 등장하는 일화로, 《장자》의 외편은 후학들에 의해 첨가된 위서(僞書)로 보는 견해가 일반적이다.

이외수 작가가 《여자도 여자를 모른다》라는 제목의 에세이집을 출간할 당시, 당신은 여자가 아닌데 어떻게 여자를 대변하는 듯 글을 썼는가에 대한 반론이 있었단다. 이에 이외수 작가가 '파브르는 곤충이어서 곤충기를 썼냐?'는 위트로 대처한 것과 비교한다면, 장자의 경우는 위트도 논리도 박약하다. 맹자나 장자뿐만이 아닌 공자와 노자도 마찬가지이지만, 후학들에 의해 마스터의 위상이 꼰대로 전락하는 경우들이 종종 있다. 이는 후학들의 성향을 반증하는 사례이기도 할 것이다. 선구자는 말 그대로 시대를 앞서간 정신이다. 그러나 그를 열렬히 추종하는 자들은 시대정신에 부합하지 못하는 꼰대인 경우들이 비일비재이다.

하여 니체가 그토록 스승의 존재를 거부하며, 짜라투스트라의 입을 빌려 자신 또한 스승으로 삼지 말라 경고했던 것이기도 하다. 스승은 따라야 할 모범이기보단, 언제고 내가 그를 부정하며 넘어서야 할 '아버지'의 자리라는 것. 어제에 고여 있지 않고, 내일을 향하려는 자는 필연적으로 오이디푸스의 운명을 타고난다는…. 하여 부처를 만나면 부처를 죽이고, 조사를 만나면 조사를 죽이라 하지 않던가. 그 자리에 멈춰 있을 것이 아니다. 언제고 스승의 위상을 명분으로 고여 있는 스스로의 타성을 정당화하게 될 테니…. 꼰대들이 항상 이전의 담론과 자신의 담론만을 긍정하는 이유는, 실상 거기에 고여 있는 게 편해서이다.

우연의 철학자 디오게네스

애니메이션 〈코쿠리코 언덕에서〉는 낡은 학교 도서관의 리모델링 기획에서 비롯되는 스토리텔링이다. 1960년대 요코하마의 어느 고등학교, 학생회는 도서관을 리모델링하려는 학교 재단 측에 맞서, 선후배들의 추억이 깃들어 있는 전통의 가치를 지켜 내고자 한다. 보다 현대화된 공간을 지어 주려는 입장에서는 도통 이해가 가지 않는 터, 도쿄에서 대형 출판사를 운영 중이던 이사장은 학생들은 의견을 물으러 직접 학교를 방문한다.

제대로 된 동아리방 하나를 지니지 못해, 도서관의 계단과 계단 사이에 설치한 간이 부스에서 생활하고 있던 철학 동아리 학생에게, 이사장은 보다 넓은 공간이 필요하지 않느냐고 묻는다. 낭만의 시절을 살아가던 열혈 철학도의 대답은, 술통을 보금자리 삼았던 고대 그리스의 철학자를 아시냐는, 되레 질문이었다. 이사장 역시 "디오게네스 말인가?"라는 질문 형식의 대답과 함께 호탕한 웃음을 지어 보인다. 기성의 가치에 저항하는 청년들의 열정은, 열린 생각의 소유자였던 한 중년에 의해 실마리가 풀린다.

세상이 '보편'으로 종용하는 가치가 누구에게나 보편인 것은 아니다. 보편이라는 명분으로 타자를 설득하기 전에, 그 보편의 가치란 것이 나에게도 설득력이 있었는가를 먼저 고민해 보면 좋을 것이다. 개개인은 보편의 표준에서 각자의 거리로 떨어져 있는 편차 그 자체이다. 하여 타자는 나와는 다른 규칙을 지닌 삶의 방식들이며, 내가 지닌 신념으로 설득이 잘되지 않는 우연적 존재이기도 하다. 저마다 '차이'로 세상을 대한다는 것이 되레 보편적 가치란 사실까지를 인정할 수 있는 균형 잡힌 시각이 인문학적 보편성이기도 하다. 〈코쿠리코 언덕에서〉의 이사장은 그런 차이의 문화를 존중하는 것으로써, 어른이 지녀야 할 인문적 품격이 무엇인가를 보여 주고 있는 사례이다. 더군다나 자본적 권력도 함께 지닌 사회적 지위였다는 점에서, 이 어른의 모습은 더욱 따뜻하게 다가온다.

"적어도 나는 모든 우연에 준비가 되어 있다."

철학도들 사이에서는 꽤나 유명한 디오게네스의 어록이다. 대왕 알렉산드로스와의 '일광욕' 일화로도 유명한, 대왕조차 부러워했던 이 자유분방한 철학자가 살아가는 방식은, 삶이 건네는 매 순간의 우연을 기꺼이 사랑하는 것이었다. 나와는 다른 삶의 규칙을 지닌 타인 역시 나의 필연적 신념에 빗겨 서 있는 우연적 존재이다. 때문에 우리는 부단히도 그 우연들을 설득하려 드는 것이다. 내 삶의 규칙을 양보해야 하는 일 자체가 불안으로 느껴지기 때문에…. 아리스토텔레스의 제자이기도 했던 제왕은 그런 우연성을 존중할 수 있는 미덕을 갖춘 권력이었던 셈이다.

삶을 지탱하는 일관된 신념 정도는 지니고 있어야 한다. 그러나 삶이란 게 우리의 신념에 준하는 개연성과 정합성으로 다가오는 것도 아니다. 때문에 구체적인 현장의 맥락에 충실하면서 신념과의 조율을 모색하는 순간순간이 자신의 인문적 지평을 증명하는 삶의 장면들이기도 하다. 니체는 삶의 순간순간에 주사위를 던진다. 자신의 신념에만 취해 현상을 해석하는 것보다 이 방법이 더 안전할 때가 있다. 신념으로만 지어 올린 결과는 결코 신념에 부합하는 모습으로 다가

오지 않는다. 오히려 그 자의적인 신념이 방해 요소로 작동하는 경우가 더 많다. 주사위의 어떤 숫자가 나오는 것이 중요한 게 아니다. 나오는 어떤 숫자도 중요한 것이다. 모든 숫자가 삶으로 이어지는 결정적 순간이기에, 우연의 숫자들로 잇대는 맥락에 대해서 항상 신중을 기할 수밖에 없다. 물론 이는 정말로 주사위를 던지라는 이야기가 아니라, 그만큼 삶이 건네는 우연적 요소에까지 충실하라는 주제의 알레고리이다.

우리는 자신의 규칙 밖에서 도래하는 불확실성들이 불안일망정, 그 불안만큼으로 현상 자체에 충실해지는 것이다. 이것이 실존철학의 계보들이 설하는 불안의 기능성이기도 하다. 일관된 신념은 때로 관성이며 타성이다. 그것을 감안해 주면서 다가오는 삶의 사건들도 많지는 않으며, 그것에 대처할 수 있는 일관된 삶의 해법이란 것도 따로 존재하지 않는다. 하여 보다 충실해야 할 사안은 내가 견지하는 필연적 신념이 아닌, 나의 바깥에서 도래하는 불확실성의 우연들이다. 그리고 그 우연 속에서 나의 필연을 초월한 전혀 다른 미래가 열리기도 한다.

아이러니, 왜 이러니?

만화가 찰스 슐츠가 그린 《피너츠(Peanuts)》, 우리에게는 '찰리 브라운'이란 이름으로 익숙한 이 만화에는 거의 어린이들만 등장하고, 가끔씩 참여하는 어른들의 '말씀'은 알아들을 수 없는 잡음으로 처리가 된다. 아이들이 보기에 어른들은 알 수 없는 소리와 논리만 늘어놓는, 도무지 이해할 수 없는 존재들이라는 상징적 구성이라고 한다. 그런 것 보면 꼰대들의 이미지는, 동서고금의 그 방향과 시간의 구분이 무의미하다.

어린 세대는 이해하지 못할 소리와 논리만을 늘어놓으며, 자신들의 세월을 인정받고자 마치 자신의 생각이 정답인 양 권고하고 강요하는 기성들. 그렇다고 그들이 제대로 알고 있기나 한 걸까? 자신이 살아온 시간으로 남이 살아가는 시간을 함부로 예단하는 습관이 과연 앎에 부합하는 삶이기나 한 걸까? 아랫사람들과 트러블이 생기는 이유는 자신이 그리고 있는 이상에 동의를 해주지 않기 때문이다. 심리학에서는 도덕적 우월감이라고 부르는 자기 전제에 대한 일종의 자애감이다. 때문에 존재감을 확보하려던 노력이 자괴감의 메아리로 되돌아오는 순간들을 견디지 못하는 것이기도 하다.

"결과에 대한 인식은 원인에 대한 인식에 의존하고 원인에 대한 인식을 함축한다."

스피노자 철학의 대전제이기도 한 이 어록은, 전제의 패러다임이 이미 결론의 패러다임까지 지정하고 있다는 이야기이다. 어떤 경우든 내 생각이 맞아 보이는 이유는, 그 전제가 '나'이기 때문이다. 스스로에게 익숙한 패러다임 내에서 저 자신을 설득하는 것이니, 그 얼마나 합리적으로 느껴지겠는가. 그렇듯 우리는 각자의 인과와 상관 안에서 합리를 추구할 뿐이다. '자신'이란 전제로부터 뻗어 나온 자신의 결과이기 때문에 결코 의심하지 않는다. 자신에게 누적되어 온 시간들 안에서의 판단이기 때문에 틀림없다고 생각한다. 그러나 모든 사람들이 살아가는 시간의 결이 같지는 않을뿐더러, 같은 시절을 살아온 이들의 시각도 제각각이다. 그럼에도 사람마다 관점은 다르다는 전제를 운운하며 소통을 들먹이는 그 순간까지도, 자기중심적인 상대성이 존중되길 원한다. 그렇게 소통은 말에서 그친다. 결코 행위로까지 이어지진 않는다.

꼰대적 성향들이 전문가의 직함까지 지니고 있는 경우엔 그 자애감은 절정을 달린다. 문제는 그도 대중의 성향과 구체적인 현장의 맥락에 닿아 있지 못하는 이론가들 사이에서의 전제라는 사실이다. 디오게네스의 '우연'에서 비롯되어, 니체가 특화를 했으며, 현대철학이 '해체'의 키워드로 이어받은 관점주의. 그러나 해체를 떠드는 순간에도, 그 '해체주의'의 권위는 해체되길 거부하는 권력적 지식들. 이미 2000년 전에 공자와 노자도 설한 상대성이건만, 공자와 노자를 들먹이는 동양학 전공자들이 더 보수적이라는 아이러니 속에, 성현들도 억울한 판이다. 무위와 자연을 들먹이면서도 그것에 관한 작위와 부자연스러운 담론의 권위를 지키려 드는 어르신들은, 도대체 왜 이러니?

사랑합니다

재수시절, 학원에서 지정한 교재인 《리딩튜터》의 독해 지문으로 기억하고 있는데, 할리우드로 진출한 오우삼 감독의 성을 표기한 'ng'를 어떻게 발음할 것인가에 대한…. 지금이야 북경어가 곧 중국어라는 인식이 있는 시절이지만, 내 또래의 학창시절까지만 해도 광둥어는 국제어의 지위였다. 광둥어 그대로 더빙이 되어 들어오는 홍콩 영화에 '워 아이 니'라는 대사가 없었다는 사실도 나중에야 알았다. 광둥어로는 '我愛你'를 '응오 오이 네이'라고 읽는다. 이는 중국어 전공자이기도 한 내가 알아들을 수 있는 몇 안 되는 광둥어 중 하나이다.

학창시절이 홍콩 영화의 쇠락기에 걸쳐 있었지만, 나는 유난히도 홍콩 영화를 좋아하는 아이였다. 광둥어와 북경어를 구분할 수 없었던 시절의 내게는 홍콩이 곧 중국이었다. 대학 진학에 있어서도 학과 선택에 대한 고민도 없었다. 중문과를 가면 되는 것이었다. 문제는 내가 공부를 그닥 잘하는 학생이 아니었다는 점. 더군다나 중국이란 콘텐츠가 인기주로 급부상을 하고 있던 시절이라, 커트라인 점수가 지금보다는 월등히 높았다.

재수 끝에 '인 서울'에 성공했다. 물론 이젠 서울에 있는 대학이 아니지만…. 나는 입학할 당시 단국대에서 제일 낮은 과를 지원했다. 그나마도 이전 발표가 난 이후 하염없이 추락을 거듭하고 있던 대학의 은덕이기도 했다. 내게 있어 한문은 수능 점수에 맞추어 선택한 전공이었을 뿐이다. 아주 오랜 시간 동안 그렇게만 생각하고 있었다.

그런데 나는 중국어를 복수전공하겠다는 심사로 한문과를 지원했었던 것이다. 그래도 같은 체계의 언어이니 배우기에는 수월할 것이라는 생각으로…. 내가 어찌할 수 없는 수능 성적으로, 어찌해 볼 궁리를 했던 결과가 한문이었다. 돌아보면 제 잘난 맛에 하고 싶은 대로만 하고 살았던, 불성실한 기억들이 많아서 반성과 후회로 그득한 시간들인 줄 알았는데, 또 나름대로 지 살 궁리는 하고 있었다.

그런데 나는 이 사실을 오래도록 잊고 있었다. 나와는 다른 이유로 중국어를 전공으로 택한, 어느 출판사 대표님과의 대화 속에서 새삼 깨달았다. 그는 한문이 좋아서 중국어를 택했다며, 그 출판사에서 출간된 한문 관련 저서 한 권을 내게 건넸었다. 그리고 어쩌다 我愛你의 광둥어 발음 이야기가 나왔다. 대학 진학 이후에도 내겐 배움의 기회가 주어지지 않았던 그 시절의 광둥어 덕에, 나는 중국어를 부전공으로 택했고, 잠시 동안은 한문과 중국어를 가르치는 교사였으며, 내 팔자에 끼어들 거라고는 단 한 번도 생각해 보지 않았던 대학원에 진학해 중문학을 공부했다. 지금과는 다른 필명이었지만, 첫 책을 중국고전과 관련한 내용으로 출간한 '꼴에 작가'이기도 하다. 돌아보면 성룡 키드로 자라나던 유년의 기억이 지금에까지 미치고 있는 것이기도 하다. 조금은 둘러 온 듯하면서도, 결국엔 또 그렇게 멀지 않은 곳에서 걸어오고 있던 중이었다.

　지나고 보면 다 맞다는 어른들의 말을 나는 믿지 않았다. 또 막상 어른이 되어 보니 그렇게 믿을 만한 말들도 그다지 많지는 않다. 차라리 치기 어린 시절로부터 배우는 것들이 있다. 무모했지만 쪽팔린 걸 몰랐고, 그렇게 저질러 댄 오류만큼으로 조금씩 넓어지는 지평을 경험하기도 했다. 그래서 자꾸 뒤를 돌아보는 것 같다. 내 미래에 대한 단서를 내 과거에서 찾을 수 있지 않을까 하는 생각은, 프루스트의《잃어버린 시간을 찾아서》를 읽기 전부터 시작되고 있었다. 실제로 글을 쓰는 직업이 내 어린 시절에서 찾아낸 미래이기도 하다.

　인생에 정답이란 게 어디 있겠는가? 지금의 오류로부터 미래의 해답이 주어지고 있는 것인지 모르는 일이며, 또한 어쩔 수 없이 포기해야 했던 순간들로부터 다시 시작되는 이야기도 있으며, 불가피하게 선택할 수밖에 없었던 것들에게서 적지 않은 도움을 받기도 한다. 하여 니체의 삶에 관한 정식을 사랑하려 노력하는 편이다. 일어난 모든 일을 원하라. 그리고 너의 운명을 사랑하라. 옹오 오이 네이!

지식의 위계

싱가포르에서 회사를 다니는 친구 녀석이 한국으로 출장을 올 때마다 머무는 호텔이 있다. 호텔을 애용하는 생활 패턴이어서가 아니라, 회사에서 잡아 주는 호텔이 거기다. 녀석은 심심할 때면 나를 그 호텔로 불러서, 간단한 뷔페식으로 차려진 석식을 함께 먹곤 했다. 내 거주 지역에서는 멀리 떨어져 있는 그 호텔까지 굳이 가는 주된 이유는, 식당에 가득 진열된 치즈와 양주 때문이었다. 그러나 그도 처음에나 신기하지, 나중에는 그냥 호텔 밖에서 만나 순댓국에 소주를 마신다.

함께 출간 작업을 진행한 박상규 사장님은, 비서실장일 때부터 철학의 주제로 인연이 된 경우이다. 어느 해에는 내 친구가 자주 묵는 그 호텔의 총괄로 부임을 하셨다. 마침 그

즈음에 출간된 책이 있어서 호텔로 찾아뵈었는데, 점심을 사주셔서 그 호텔의 식당을 처음 이용해 보게 됐다. 호텔에서 제공하는 석식이나 먹어 봤지, 호텔 식당을 이용해 본 일은 없었던 터. 그도 자주 다녀 봐야 뭘 알지? 그래서 나는 그냥 직원분이 추천해 주는 메뉴로 먹었다. 그런데 사장님께서는 청국장을 주문하셨다. 그 순간에 그 상황을 왜 '그런데'라는 접속사로 받아들였을까? 호텔과 청국장이란 단어 사이에서 느껴지는 괴리감이랄까? 그렇다면 호텔에서 무엇을 먹어야 호텔다운 것일까? 그런 생활이 일상이시다 보니, 더군다나 그 해에는 업무이셨다 보니, 사장님께는 그냥 일반 식당 메뉴나 다름없는 청국장인 듯했다.

근무하던 학교 옆에 한 프랜차이즈 패밀리 레스토랑이 들어섰던 해의 일이다. 특정 은행 카드로 계산하면 런치세트가 할인이 됐었는데, 청춘의 교사들끼리 일주일에 한두 번은 거기서 점심식사를 했다. 먹다 보면 점심시간을 넘기기 일쑤였기에, 5교시 수업이 없는 교사들끼리나 가능했었던…. 그런데 실상 내 입맛에는 급식밥도 맛있는 편이었다. 그리고 빨리 먹고 돌아와서 잠깐의 낮잠을 청하는 버릇도 있었는데, 그 청춘의 교사들이 늘상 함께 다니던 멤버였던 터라, 어쩔 수 없이 일주일에 한두 번은 점심밥으로 스테이크를 먹었다는…. 한 학기 정도를 그렇게 먹었던 것 같다. 그러나 바로 다음 학기부터 사라진 문화. 그 이후로는 함께 저녁을 먹을 일이 있어도, 그 패밀리 레스토랑을 이용하는 경우는 없었다.

던킨 도너츠가 한국에 처음 상륙했을 시절엔 그것이 세련된 도시인의 표상으로 비춰지기도 했었지만, 이미 보편화가 된 시절에는 그냥 도넛이다. 브런치가 일상화된 시절에는, 그냥 아침 먹을 여건이 안 되는 사람들의 간단한 한 끼 이상의 의미는 없다. 도리어 아욱국에 말아 먹는 쌀밥 한 공기가 욕망인 도시인들도 적지 않을 게다. 문화의 양상은 인식의 양상에 영향을 미친다. 세련의 척도도 늘 바뀐다. 이제 뉴요커의 도넛보다 재래시장에서 파는 찹쌀 도넛이 더 댕기는 건, 나이의 이유만은 아닌 것 같다. 요즘 같은 시절에 도넛 하나 먹으면서 국적을 따지는 것도 촌스러운 일 아닌가?

지식도 마찬가지이다. 알고 나면 별것도 아니다. 읽다 보면 그냥 익숙해지는 것들이고, 그 정보의 누계가 곧 지평인 것도 아니다. 또한 지식의 위계가 있는 것이 아니라 그냥 취향이 있는 것뿐이다. 누군가에겐 품격의 지식일지 모르는 철학의 키워드로 대신하자면, 이것이 플라톤주의보다는 현대적이고 진보적인 니체주의의 기치이기도 하다. 하여 누군가에겐 고흐의 그림과 미야자키 하야오의 애니메이션이 동급의 품격일 수 있다. 니체로 고흐의 〈별이 빛나는 밤〉을 해석하는 작업은, 그냥 미학책 몇 권을 읽은 이들이라면 누구나 할 수 있다. 니체로 〈하울의 움직이는 성〉을 해석하는 작업은 되레 미학적 지식이 체화가 되어 있어야 가능한 일이다.

내가 한문학 전공자라고 해서, 서거정의 관각문학과 길재의 사림문학을 운운한다고, 내가 세련된 지식인처럼 보일 리도 없지 않은가? 지식의 종류보다 중요한 것은 그 지식의 운용 능력을 배우는 것이다. 이미 알 만큼 알고 있는 이들에게는, 지식 그 자체가 세련의 표상일 리 없지 않은가. 니체의 표현을 빌리자면 철학이란 해석의 작업이다. 어떤 지식을 알고 있는가가 아니라, 그것으로 어떻게 세계를 해석해 낼 것인가가 관건이어야 한다. 마르크스를 빌리자면, 그것으로 세계를 어떻게 바꿀 것인가의 행위가 보다 관건이어야 하고….

우스꽝스러운 스노비즘

대학교 3학년 때 일로 기억하는 이유는, 내가 학회장을 맡고 있어서 한문과와 관련한 이런저런 사람들을 많이 만나고 다니던 해였기 때문이다. '그 시절, 우리가 좋아했던' 단국대생들의 성지인 개골목에서 1차를 마치고, 순천향병원 근처의 호프집으로 향하고 있었던 중이었다. 그런데 근처 술집에서 술을 마시고 나오던 선배 형과 마주쳤다. 그 형 옆에는 대학원에서 박사 과정을 이수 중이던 한문 교사가 있었다. 우리 과 출신의 선배는 아닌….

나는 길 중간에서 그들에게 잡혀 택시에 올랐다. 그러고 난생 처음 보는 그 박사급 교사의 집으로 가서 2차를 했다. 정말 가기 싫었는데, 그 형이 하도 같이 가자고 애원을 하는 바람에…. 그 애원의 이유를 깨닫는 데에는 그리 오랜 시간이 걸리지 않았다. 그 박사급 교사는 또 하필 나와는 동향의 연결 고리가 있었다. 그 연결 고리가 되레 불편할 정도로, 꼰대스러운 꼬장에 조금 짜증이 나려고 하는 상황이었는데, 갑자기 이 박사급 교사께서 나보고 한시(漢詩)를 하나 읊어 보란다.

'아 놔, 이 개새끼! 뭐래?'

차마 입 밖으로 내뱉지 못한 내 마음의 소리. 풍류의 지랄도 때와 장소, 사람 봐가면서 떨어야지. 지가 아무리 한문학 박사이고, 아무리 취중이라지만 정말 놀고 앉아 있는…. 그런데 그 순간 나를 끌고 간 그 형이 한시를 읊기 시작했다.

'아 놔, 이 병신들!'

박사급 교사 집에서 나와 형이 말하길, 자기도 피곤한 스타일이어서 나보고 함께 가자고 했던 거라고…. 그 형은 졸업이 가까워지자, 선후배 간의 관계보다는 교수님과 그 주변의 관계에 더 신경을 쓰기 시작했다. 스스로 택한 방향성이었지만, 또 많이 피곤했던 모양이다. 그 우스꽝스러운 분위기에 장단을 맞춰 주려면 피곤하기도 했겠지만….

다른 이들이 바라보는 한문이라는 영역에 대한, 고리타분함의 이미지. 그보다 더 고리타분한 일부 한문과 사람들의 빗나간 충정과 너무 나아간 열정. 순수 인문 영역이 우스꽝스러울 정도로 뭉개지는 경우는, 대개 그런 부류들이 자초한다. 이런 우스꽝스러운 사례가 아닐망정, 그 못지않은 자의식들 때문에 한문학이 젊어지지 못하는 것이기도 하다. 공자도, 노자도, 소동파도, 연암도 당대에는 그 모두가 진보의 기치였건만…. 그런데 어디 한문학에만 한정되는 일이겠는가? 철학도 문학도 예외는 아니거니와, 예술의 분야도 정치, 경제의 영역도….

《잃어버린 시간을 찾아서》에서 적지 않게 등장하는 단어가 스노비즘(snobbism)이다. 프루스트는 저 자신이 특권층의 아비투스를 누리고 산 입장이면서도, 이 문화에 풍자를 가하고 있다. 역자 김희영 씨의 설명을 빌리자면, 프루스트는 19세기 말 '벨 에포크' 시대의 사회상을 예리한 시선으로 관찰한다. 들뢰즈의 해석으로는 그런 자의식 쩌는 몸짓들 또한, 그들 리그에서만 통용되는 일종의 '기호(sign)'라는 것이다. 실질적인 의미를 담고 있지는 않은, 그저 그 자신들이 기득권이라는 사실을 공중받으려는 공허한 제스처에 불과하다.

어른의 품격

1

〈뿌리 깊은 나무〉에서 정기준의 최측근이었던 호위무사 개파이의 정체는 '대륙 제일의 검'이라고 불리던 돌궐족 출신의 베르세르크였다. 그러나 북방의 전설도 '조선 제일의 검' 이방지와 대결에서는 고전을 면치 못한다. 대결의 막바지에서 그가 이방지에게 건넨 찬사는,

"넌 정말 강하다."

그 강함에도 불구하고, 이방지는 끝내 '무사로서의 영예로운 죽음'을 맞이한다. 그리고 승자 개파이는 세종의 호위무사 무휼과 또 다른 다크호스 강채윤과의 결전을 준비한다. 마지막 거사를 명받은 개파이는 정기준에게 묻는다.

"내가 그렇게 강한가?"

이 질문에 대한 대답은 이미 그 스스로가 이방지의 대결에서 증명해 보였다. 역설은 상대의 강함에 건넨 찬사가, 결국엔 그보다 더 강한 자신에 대한 찬사이기도 했다는 점이다.

격투기 챔피언이 동네 양아치의 도발에 일일이 다 대응하지는 않을 것이다. 프리미엄 리그 선수가 꿈나무들의 도발에 주제도 모른다며 코웃음부터 칠까? 모교를 방문한 메이저리그 선수가 고교후배들과의 시범경기에서 삼진을 당했다고 해서, 컨디션을 탓하며 히스테리를 부릴까? 아니면 후배에게 따뜻한 찬사와 격려를 아끼지 않을까?

자신이 진정한 강자라면, 강자다운 여유로 상대를 대하지, 굳이 험한 용어를 써가며 폄하를 하겠냐 말이다. 그 자체로 상대를 인정하는 꼴밖에 안 된다. 너는 나에겐 위협적인 존재라는…. 진정한 어른의 모습이란 어떤 이미지일까? 어린 세대에게 적나라한 독설을 퍼부으며 사사건건 시비를 거는 모습은 아닐 것이다. 무턱대고 가르치려 들 걱정에 앞서 내가 얼마큼의 아량을 지니고 있는지에 대해 반성부터 할 일이다. 독설의 방향을 스스로에게 돌릴 줄 아는 품격, 그것이 어른의 품격은 아닐까?

2

"자신의 연령에 깃든 예지를 갖추지 못한다면, 연령에 깃들어 있는 재앙이 매사에 발생한다."

볼테르의 어록이다. 시간이 모든 사람을 어른으로 만드는 것도 아니다. 염치없고, 무례하고, 치졸하게 늙어 가는 인생들도 부지기수다. 치기 어린 날들에 저질렀던 오류들은 그나마 어렸다는 이유로 이해받을 여지라도 있다. 나이가 들어 저지르는 몰상식은 그가 살아온 인생 전체를 대변한다. 사람은 늙어 가는 것이 아니라 포도주처럼 익어 가는 것이라는 서양 속담은, 국어에서 말하는 성급한 일반화의 오류다. 그도 익어 가는 조건이 따로 있고, 썩어 가는 조건이 따로 있다. 그저 시간의 누적이 경험의 총량인 것도 아니고, 지니고 있는 경험 모두가 지혜로 전환되는 것도 아니다.

"집에 가면 너만 한 자식이 있는 사람이야!"

그러게 말이다. 상대도 집에 가면 당신 나이의 부모님이 계신데, 자식 같은 사람들 앞에서 그런 추잡한 모습을 보이고 싶을까? 긴 한 세월을 살아도, 자신이 보낸 한 세월의 성격이 어떠한지를 먼저 따지기보단, 불리하다 싶으면 일단 그 세월을 근거로 따지고 드는 어른들. 합리적으로 시비를 가려야 할 문제에도, 그 세월에 관한 뜬금없고도 맥락 없는 당위가 앞설 뿐이다.

3

"내가 왕년에는 말이지…."

그런 왕년을 보낸 분께서 도대체 어떤 세월을 겪으셨길래, 어쩌다 이 모양이 된 것인지? 그런 시절을 보낸 이가 지금의 당신이 되었다는 사실이 믿겨질 리 있겠는가? 그토록 화려했던 왕년에 어느 정도 부합하는 금년이라야 그도 속아 주지.

"내가 너 나이 때는 말이지…."

나는 당신이 내 나이 때 뭘 했는지도 궁금하지 않을뿐더러, 당신이 지금의 내 나이였다면 넌 나한테 죽었어!

"나도 그 시절을 겪어 봐서 하는 말인데…."

그렇다면 당신이 늘어놓고 있는 말 같지 않은 말을 내가 어찌 생각하고 있을지도 뻔히 알고 있을 텐데 말이다.

4

관심과 소통은 물론 중요한 덕목이다. 그러나 '가야 할 때가 언제인가를 분명히 알고 가는 이의 뒷모습'으로 빠져 주는 것이, 어른의 미덕일 때도 있다. 나는 결코 그런 선배가 아니라며, 후배들의 중심에서 소통을 외치고 있는 경우도, 후배들이 어찌 생각할지는 알 수 없는 일이다. 눈치 없는 상사일수록 소통의 명분이 밑밥으로 깔리는 '조언'의 강박으로 조급하다. 조언의 대상을 위한 조연보단, 조언의 주체를 위한 주연을 욕망하기에….

격의 없이 다가가고 싶은 마음이야 이해 못 할 일도 아니지만, 아랫사람들에겐 선배 자신이 이미 '격'이다. 후배의 입장이었던 시절을 떠올려 본다면, 그다지 서운해할 일도 아니다. 그보다 먼저 지나간 날의 자신과 소통을 한번 해보시길….

'요즘 것들'에 대하여

얼마 전에 가족끼리 떠난 일본 여행 중 있었던 일. 평생 브랜드 로고에는 무관심했던 엄마가 ABC마트 앞에서 나이키 키드 신발을 고르고 있었다. 할머니가 된 이후로 변한 엄마의 모습이기도 하다. 할머니가 함께 여행을 온 손자들에게 신발을 사주고 싶어서, 나이키 디자인에 넋을 빼앗긴….

그런데 요즘 애들 신발값이 어른들 신발에 비해 싸기나 하던가. 두 켤레를 사는데 10만원 가지고는 턱도 없는 시절이다. 애들 선물 하나 사는데, 너무 자본주의에 매몰되어 있는 건 아니냐는 철학적 비판도, 자신의 손자에게는 무얼 사주고 싶은지에 관한 내리사랑을 먼저 돌아봐야 하지 않을까? '철학적'으로 변호를 해보자면, 자본주의적 상징계에 균열을 일으키며 들어차는, 할머니의 실재에 대한 열망이라는….

가난한 시절에도 애들을 잘만 낳아 길렀다며, n포 세대의 상징계를 지적하는 기성의 목소리들에도 조금은 이해의 시선이 필요한 것이 아닌가 싶다. 할머니가 되신 엄마가 바라보기로는, 그 시절에는 차라리 모두가 가난했기 때문에 그런 게 삶이려니 하며 그렇게 살 수 있었다는 거. 그러나 지금의 시절엔 빈부의 격차는 너무 커진 반면, 양육에 관한 지출의 평균은 너무 올라가 있다. 매번 기저귀를 삶아서 쓸 수도 없는 시절이고, 첫째 누나가 막내 동생을 업어 키우는 시절도 아니고, 동네 형아들이 알아서 데리고 놀러 다니는 시절도 아니니 말이다. 그런데 이런 젊은이들의 세태를 결국 기성들이 물려주었다는 거.

여기저기서 들려오는 청춘들의 고민과 방황에 어떤 어른들은 자신들이 겪어 본 시간의 잣대를 '요즘 것들'에게 들이대곤 한다. 생텍쥐페리의 《어린 왕자》 서문에 적혀 있는 구절을 패러디하자면, 어른들은 누구나 처음엔 요즘 것들이었다. 그러나 그걸 기억하는 기성들은 별로 없다.

우리 때는 그랬단다. 그래서 뭐 어쩌라고? 지금은 저들의 때이기에, 저들은 저러고 있는 것이다. 나도 이제 충분히 기성인 나이이기에, 무작정 '요즘 것들'을 옹호하고 싶은 생각은 없다. 하지만 시대의 속성에 관한 규정은 추억으로 돌아보는 자들이 아닌, 현재로 부딪히고 있는 자들에 의해 이루어져야 하는 것이 아닐까? 더군다나 기성들이 만들어 놓은 세상에서 '요즘 것들'인 이유가 오로지 청춘들만의 잘못은 아닐 터….

박완서 작가는 한 에세이에 '전쟁을 겪은 우리 세대이기에 음식 귀한 줄 모르는 아래 세대에게 해대는 쓴소리를 하는 것을 이해해 줘야 한다'라고 적었다. 음식 아까운 줄 알아야 하는 것이 어디 전후 세대에게만 필요한 덕목이겠는가? 모든 세대가 알아야 하고, 기성들이 어린 친구들을 일깨워 주어야 하는 일들이 분명 있다. 하지만 우리 시절에는 늘상 굶고 살았는데, 고깟 배고픔도 참지 못하고 주저앉느냐며, 결핍에 허덕이는 청춘들에게 쓴소리만을 해대는 기성들도 있다.

이유를 불문하고 수험생들의 피곤한 일상을 이해하는 너그러운 '시선'들이 있고, 너만 고3 시절이 있었냐며 유난을 질타하는 '말씀'들이 있다. 경험이 있다고 어른이 되는 것이 아니며, 지닌 경험이 모두 지혜로 전환되는 것도 아니다. 경험들을 가지고 다시 어떤 경험을 하느냐에 따라, 누군가는 어른이 되고, 누군가는 그냥 미성년을 벗어날 뿐이다.

아라비안 나이트

'잃어버린 시간을 찾아서'의 주제로 몇 개의 기획을 진행하다 보니, 잊어버리고 있던 시간들을 다시 찾는 경우가 종종 있다. 《어린 왕자, 우리가 잃어버린 이야기》의 에필로그를 거듭 수정하고 있었던 시기에, 사막과 그 사막에서 다시 만난 어린 시절의 꿈이란 대목에서 문득 스친 한 구절의 가사.

이제는 잃어버린 너의 꿈을 찾아야지.

김준선이 부른 〈아라비안 나이트〉에서의 코러스 부분이다. 이 노래의 후크인 '히야오아 히야오아 히야오아 히야오아 히야오아 예'는 우리 또래에겐 '꿍따리 샤바라'가 도래하기 전까지 가장 인기 있는 '주문'이 아니었을까 싶기도 하다.

함께 떠오른 기억은 이 시기에 서점가에서 유행이었던 《아라비안 나이트》 완역본이다. 책을 잘 읽지 않았던 시절이었는데도, 친구의 책을 빌려 몇 페이지를 읽어 봤던 이유는, 거의 야설에 가까운 내용이었기 때문이다. 우리 또래의 성(性) 장기와도 맞물려 있는 판타지이기도 했다는….

아라비아 음악에 젖어서 이리저리 춤도 추어 보고

학창시절에 반 아이들과 수련회 장기자랑을 준비하고 있던 시기, 분명히 다른 반에서 서태지와 듀스의 음악을 준비할 게 뻔했기에, 우리 반은 김준선의 〈아라비안 나이트〉에 맞춘, 지금 생각해 보면 말도 안 되는 안무를 준비해 두고 있었다.

그러나 결국 이 무대는 보여지지 못했다. 레크레이션 업체 측에서 준비한 프로그램이 길어지는 바람에 장기자랑 무대는 취소가 되었다. 대신 풍선을 빨리 불어서 터뜨리는 벌칙을 수행하고 있어야 했다는…. 어른이 되어 돌아보니, 그 레크레이션 강사들도 자신들에게 재미있고 의미 있는, 그리고 편한 것들만 하려 든 경우이다. 물론 우리들의 어줍지 않은 장기보다야 저들의 숙련된 장기가 다른 학생들에게도 더 재미있고 의미 있는 시간이었는지도 모르지만, 우리는 그 3분을 위해 일주일을 연습했는데….

어른들이 그렇다. 그런 거 해봐야 재미없다고, 그런 거 해봐야 의미 없다며, 자신들의 재미와 의미를 권고하는 것으로 아이들의 재미와 의미를 미리 지정한다. 서투른 과정 안에서 숙련할 것들을 판단하고 선택하는 것이기도 한데, 아이들에겐 그런 권리도 잘 주어지지 않는다.

꿈이란 것도 완성된 채 다가오는 것은 아니다. 그저 막연한 설렘으로 끌려가고 있다는 사실 하나가 확연한, 그 미완으로부터 점점 채워 가는 것이지. 하긴 꿈 자체가 완성되는 성격이 아닌지도 모른다. 꿈의 완성이란 곧 깨어나는 것을 의미하지 않겠나? 꿈이란 항상 '꾸는 채'로 남아 있는 진행형이다. 꿈을 되찾는다는 말은, 버릇처럼 들뢰즈의 철학을 빌려 설명하자면, 다시 '되기'의 상태로 돌아간다는 의미이다. 이미 무언가가 되어 버린 상태가 아닌, 언제나 되어 가고 있는 상태로….

이토록 뛰는 가슴, 그때는 몰랐었네.
이제는 지나 버린 얘기라고 말하지 마.

올드 보이의 화양연화

1

박찬욱 감독의 〈올드보이〉에서 유지태가 상대적으로 최민식보다 동안인 설정은, 그의 정신이 학창시절에 머물러 있기 때문이란다. 이우진이란 캐릭터는 그 시절에서 멈춘 소년의 기억이다. 이 영화적 설정을 증언하기라도 하듯, 하버드 대학교 심리학과 교수 엘렌 랭어는 '시간 거꾸로 돌리기 연구'라고 명명한 실험을 통해 젊은 마음가짐이 젊은 신체를 가능케 한다는 사실을 확인했다. 70, 80대 노인들을 대상으로 20년 전의 일상을 살아가게 하는 실험을 한 결과, 노인들의 신체 나이가 50대에 가깝게 젊어졌다.

"내 나이가 몇인데?"

누구도 당신의 나이를 물어보지 않았다. 단지 당신의 의사를 물어본 것임에도 항상 대답은 이렇다. 우리는 개인의 나이대로 늙어 가는 것이 아니라 사회적 나이에 맞추어 늙어 간다. 그저 '숫자'에 불과하지만, 그 숫자에 부합하는 형태의 삶을 반응적으로 살아간다. 우리는 시간의 직선운동을 시계의 원운동으로 인식하며 살아간다. 계절이 두 번 바뀌었다고 해서 2살의 나이를 더 먹었다는 것은 절대적일 수 없는 계산법이다. 실제로는 5살을 먹은 사람도, 한 살을 먹은 사람도 있을 수 있다. 어차피 시간의 흐름이란 게 결국 우리 의식의 흐름이기도 하기에….

물론 거역할 수 없는 노화에 억지를 부리는, 젊음에 대한 과도한 질투 역시 꼴불견일 것이다. 하지만 시간의 흐름에 순종적으로 떠내려가는 삶 또한 타성에 젖은 결과이다. '죽은 물고기만이 강물에 떠내려간다'는 말도 있지 않던가. 삶을 향한 '능동'이 멈춰지는 순간, 사람은 늙어 가는 것 이전에 죽어 가는 것이다.

어느 날 밤 꿈에 '또' 학교로 돌아갔다. 그리고 무의식이 보여 주는 기억 속에서 학창시절의 습관을 발견했다. 그 시절에는 틈날 때마다 친구들과 교실 뒷켠에 모여 서전트 연습을 하곤 했었다. 농구골대에 더 가까워지고 싶은 열망으로 뛰어오른, 그러나 오랜 간절함에도 내겐 끝내 허락되지 않은 높이였지만⋯. 요즘에 엘렌 랭어 교수의 실험처럼 그 시절의 일상을 반복해 보고 있는 중이다. 헬스장에서 잠깐 숨을 고르는 시간에, 사람들이 오가지 않는 헬스장 비상계단 앞에서 서전트 연습을 한다.

다시 한 번 그 시절과 같은 탄력으로 솟아올라 보고 싶어도, 낮아진 점프력은 둘째치고 너무 일찍 바닥으로 되돌아온다는 느낌에 나이를 절감한다. 그런데 한 달 정도 연습을 하다 보니 몸이 가벼워지는 걸 느낀다. 아주 조금씩 체공 시간이 늘고 있는 것 같다. 이 나이에 서전트가 느는 걸 기대할 수야 있겠냐만, 또한 이걸 왜 하고 있나 싶기도 하지만, 그냥 20년 전으로 되돌아갈 수 있을까 하는 기대로 틈날 때마다 뛰어오른다. 설령 20년 전으로 돌아간다 해도 내겐 여전히 닿지 않는 높이의 농구골대이겠지만….

　가끔씩 그런 생각이 스칠 때가 있다. 저 풍경들은 20년 전에는 어떤 모습이었을까? 지나오고 난 뒤에 돌아보는 이의 애잔함일 뿐, 타임머신을 타고 20년 전으로 돌아간다면, 그 또한 그냥 의미 없이 스쳐 지나가는 하루하루의 현재이겠지? 그 시절이 현재였을 때 진즉에 좀 애잔해할걸, 그러면서도 지금 스치는 현재는 소중히 채워 가고 있는지가 의심스럽기도 하고….

3

고3 시절, 책상에 엎드려 잠깐 동안 청하던 불편한 잠. 문득 잠에서 깨어 비몽사몽간에 마주한 칠판 옆의 숫자가 새삼스레 불안으로 다가오던 기억이 있다. 내가 수험생이란 사실을 모르고 생활한 것도 아닌데, 간간이 그리고 갑작스럽게 느껴야 했던, 운명의 날을 향해 날이 서 있던 불안감.

　나이는 숫자에 불과한 것이라고, 아무렇지도 않게 잘 살아가다가도 문득문득 깨닫는 지금의 나이에 밀려드는 불안감. 분명 내가 써버린 시간들이긴 한데, 어쩌다 이렇게 나이만 먹었는지…. 빛바랜 추억속의 나를 들춰 보며, 내게 언제 저런 시절이 있었나 싶은 착잡하고도 허무한 마음.

우리는 어쩌면 나이를 거꾸로 세고 있는지 모른다. 탄생에서부터가 아닌 죽음에서부터 말이다. 언제인지 모를 막연한 끝으로 다가가고 있다는 불안감. 돌아보니 지금까지 뭐하나 이루어 놓은 것이 없다는 상실감. 그렇다고 뭘 해야 할지도 모르겠는, 뭘 하기에는 또 애매한 청춘이라는 불안감 자체를 불안해하고 살아간다.

다시 돌아가고 싶은 빛바랜 시절 속에서도 우리는 그 시절 나름의 불안을 살아가고 있는 중이었다. 하지만 어른이 되어서는 그 시절의 근심과 걱정들을 '어렸다'라는 표현으로 뭉뚱그리곤 한다. 그 시절의 근심과 걱정 따윈 근심도 걱정도 아니라는 듯. 또 시간이 흘러 지금을 돌아보게 될 미래에서는, 오늘 느끼고 있는 이 불안을 '어렸다'라고 말하고 있을지 모를 일인데 말이다.

나는 아직도 가끔씩 학창시절로 되돌아가는 꿈을 꾼다. 그런데 그 꿈속에서 다시 한 번 현재로 주어진 그 과거는 그다지 행복하지 않다. 그 시절에 느꼈던 것과 별반 다르지 않은, 이 별것 없는 일상이 빨리 지나가기만을 바라는 학창시절일 뿐이다. 그러나 잠에서 깨어나 어제와 별반 다르지 않은 오늘을 살아가는 현실에서는, 차라리 지금 이 모든 순간이 꿈이어서, 그 어린 시절의 불안 속에서 청했던 오후의 낮잠으로부터 깨어나는 공상을 잇대고 덧대곤 한다.

회상의 공상으로 보내는 지금의 시간도 언젠가 돌아보면 다시 한 번 주어지길 바라는 그 과거일 것이다. '10년만 젊었어도' 뭐든 할 수 있을 것 같은, 바로 그 10년 전이다. 미래의 어느 날에 꾸는 꿈속에서는 지금 이 순간으로 돌아와 있을지도 모를 일이다.

꿈속에서 돌아간 학창시절은 내게 그것을 알려 주고자 한 무의식이 아니었을까? 그토록 모를 세월이니, 언젠가 돌아보아도 후회가 없을 정도로 지금 이 순간을 살라는…. 그렇게 열정적으로 살아도 결국엔 이런저런 후회의 기억들이 남을 터이니….

V. 나의 사랑,
나의 꼰대

To my mother

1

요즘의 시절엔 드문 일도 아니지만, 나도 동생이 먼저 결혼을 한 케이스이다. 드문 일이 아니면서도 내가 그 경우에 해당된다는 사실이 은근히 부담이기도 했는데, 한편으로는 동생이라도 먼저 엄마에게 손주를 안겨 드려서 다행이라는 생각도 든다. 할머니가 된 엄마는, 가끔씩 바보 같은 표정을 지어 보일 정도로, 손주들이 예뻐 죽겠는가 보다. 저 여인이 과연 내 어린 시절의 그 무서웠던 엄마가 맞나 싶을 때도 있다. 요즘 손주 녀석들의 할머니는, 사랑한다. 고로 존재한다.

부모도 나로 인해 부모 노릇을 한 게 처음이라, 더군다나 내가 부모의 바람대로 곱게 자라나 주지는 않았던 터라, 나에게서 얻어진 데이터로 동생을 옭아매는 경우가 있었다. 또한 나도 서열을 명분으로 동생에게 치사하게 굴었던 어린 시절의 기억이 잘 잊혀지지 않는다. 그런 환경적 조건 속에서 동생은 다소 현실적인 가치로 자라난 것 같다. 때문에 머리가 굵어진 이후에는 몽상가 기질이 다분한 나와 갈등을 빚는 일도 종종 있었다.

지난날에 대한 가책일까? 동생에게 너무 미안하기도 하고, 그래서 조카들이 더 예쁘고…. 손주들로 인해 행복해하는 엄마를 보고 있으면, 동생이 기특하기도 하다. 남들에게 그토록 평범한 일들이 내겐 왜 그렇게 힘들었을까? 어린 시절부터 그랬던 것 같다. 때론 순탄한 삶이 너무 지루해서 애써 평범을 거부했고, 때론 순탄하지 않은 시간 앞에서 평범으로의 선택권이 주어지지 않아서….

생각해 보니 동생이 엄마에게 처음이었던 적이 처음이다. 서로 간에 처음을 처음 나누어 보는 엄마와 동생. 그것을 지켜보는 것으로 지난날의 미안함을 대신하는 것도 괜찮은 방법 같다. 엄마가 되레 나를 신경 쓰다가 그 행복한 순간을 놓칠까 봐서, 내가 먼저 조카들 이야기를 꺼낼 때도 있다. 그러면 또 손주들 자랑에 한참을 행복해하는, 이젠 할머니라는 호칭을 더욱 좋아하는 듯한 엄마.

2

수능을 보고 난 이후, 다른 친구들에겐 다시없을 태평성대
가 이어졌지만, 실기를 준비해야 했던 나는 아직까지 체육
관을 뛰어야 하는 입장이었다. 그러던 어느 날, 평소와 다름
없이 새벽에 수영장을 다녀와 아침밥을 먹으려던 찰라, 아
침 강원 뉴스에서는 수능 인문계열 강원도 수석의 인터뷰가
흘러나오고 있었다. 내 어릴 적 친구와 너무도 닮은 얼굴을
지닌 한 학생의…. 법대에 진학해서 양심 있는 법관이 되겠
노라는 식상하고도 판에 박힌 멘트를, 개새끼! 하필 그 타이
밍에…. 나는 당장에 체육관을 뛰러 가야 할 판인데….

　문제는 그날 아침 강원 뉴스를 함께 보고 있었던 엄마도
그 인터뷰의 주인공을 알고 있으며, 엄마들끼리도 친분이
있었다는 사실이었다. 그야말로 엄마 친구의 아들이며, 아
들 친구의 엄마인 구도. 상대적 박탈감이야 엄마에게도 있
지 않았을까?

유난히 수능이 어려웠던 해, 운동을 함께 했던 친구들의 가채점 결과는 체육관에 나올 이유가 되어 주지 못했다. 그런데 나는 되레 모의고사 때보다 점수가 올랐다. 학교의 모든 3학년이 오전 수업을 마치고 집으로 돌아가던 시기에, 나는 체육관에 홀로 남아 운동을 했다. 적막감이 싫어서 내내 틀어 놓았던, 체육관 곳곳에 닿아 울리던 듀스와 ref, 터보…. 그 음악 사이에 박자를 맞추고 있던 내 발자국 소리. 도시락을 나 혼자 까먹고, 높이뛰기 매트 위에서 패딩을 덮고 자는 잠깐의 낮잠 후에, 다시 또 뛰었다. 그런데도 그 해엔 대학을 가질 못했다.

몇 년 전에 변호사로 살아가고 있는 그 친구의 소식을 접했다. 요즘엔 병원에 소속되어 있는 변호사가 따로 있는가 보다. 그 병원이 하필 내 아버지가 암투병을 했던 곳이다. 의사들 사이에서 일하는 변호사의 일상에, 문득 그 시절에 홀로 뛰었던 체육관이 떠올랐다. 나는 아직도 그 시절의 체육관을 벗어나지 못한 느낌이다. 그냥 녀석보다 공부를 못했던 것뿐인데, 왜 한 번도 녀석을 이겨 본 적이 없다는 생각이 드는 것일까?

그 시절 강원 뉴스를 함께 지켜보고 있었던, 어느덧 환갑을 넘기신 엄마에게 얼마 전에 물었던 질문은, 내가 태어나던 순간에 엄마는 내가 어떤 미래로 자라나길 바라셨는가에 대한 것이었다. 여전히 독실한 크리스찬이신 그녀의 대답은, '하나님의 사업에 일조하는'이었다. 니체의 '신은 죽었다'를 숱하게 언급하고 있는 나는 여전히 엄마에겐 박탈감인지도 모르겠다.

그런데 나는 왜 이제서야 엄마에게 이런 질문을 했을까? 그런 분이 그 시절엔 그토록 자식이 좋은 대학에 가길 바라셨을까? 어느 순간부터 우리에게서 잊혀진 질문들이 다 이렇지 않나? 질문이 잊혀진 마당에, 대답을 내놓고 있었던 기현상은 또 뭐란 말인가?

3

교사 출신이신 아버지와 장로교 집안의 맏딸로 자란 엄마. 나는 상당히 보수적인 부모님 밑에서 자라났다. 친구들에게는 아무것도 아닌 일이 내게는 허락되지 않는 경우들이 많았다. 대화라는 것도 결국엔 부모님의 의견을 관철시키기 위한 형식에 불과했다. 부모의 이런 교육 방식은 자식들을 극과 극으로 만든다. 순응하거나 혹은 튕겨져 나가거나이다. 내 동생이 전자에, 나는 후자에 해당한다.

성장의 와중에 내가 터득한, 다른 친구들처럼 평범할 수 있는 방법은, 부모님의 허락 없이 일단 저지르고 보는 거였다. 지금도 조금은 남아 있는 내 무대뽀적 성향의 원인이 그토록 보수적인 부모님이었다는 아이러니. 그런데 돌아보면 아버지 역시 시도 때도 없이 낭만가적 기질을 발산하다가, 엄마와 마찰을 빚기도 했던 인생이었다는…. 그렇듯 나는 아버지를 닮은 기질이기도 했다.

사춘기 이후로는 부모님과의 대화가 거의 없었다. 부모님도 그런 내가 답답했는지, 가끔씩은 '가족 간의 대화'를 종용하곤 하셨다. 그런데 그 대화라는 게 결국 내가 틀렸으니 부모님의 뜻대로 하자는, 이미 부모님 사이에서 결론이 난 상태로 던져지는 의제였다. 실상 그 대화의 방식이 내가 대화를 거부하고 있던 원인이었음에도, 부모님은 그런 대화를 반복하셨다.

아버지가 돌아가시고 나서야 다시 엄마와의 대화가 시작됐다. 엄마도 엄마가 처음이라 그것이 잘못된 방식이었는지를 몰랐다는 고백과, 아버지에게 끝까지 무뚝뚝한 아들이었다는 가책이, 서로에게 말을 걸어왔다. 그렇게 우리는 유년 시절의 모자 관계를 회복했다.

4

블로그에 포스팅을 할 일이 있어서, 짜장면에 관한 이미지를 검색하다가 문득 떠오른 영화. 물질하는 소녀가 뭍으로 나와 처음 먹어 보는 짜장면을, 귀여운 게걸스러움으로 연기한 전도연이 보고 싶어서, 아예 처음부터 다시 감상해 본 〈인어 공주〉. 내 어머니도 아버지를 만나고 난 이후에 처음 짜장면을 드셔 보셨다는 이야기를 어려서부터 들어왔던 터, 내가 이 영화를 좋아하는 이유는, 내 어머니와 아버지가 써 내려 갔던 어느 지나간 날의 동화를 담고 있어서인지도 모르겠다.

엄마는 이 세상에 원래부터 엄마로 온 줄로만 알았던 시절이 있었는데, 그녀에게도 순박한 소녀의 시절이 있었다. 그 소녀가 저토록 억척스러운 아줌마가 되어 버린 사연을 우리는 기억하지 못하지만, 원인은 알고 있다. 그저 한없이 사람만 좋은 아버지, 그 좋음이 때때로 가족에게 큰 굴레를 짊어지게 하는 나쁨이기도 했던…. 어떤 여자인들 저토록 '억척 어멈'으로 늙어 가고 싶겠냐만, 가족을 건사해야 하는 소녀에겐 어쩔 수 없이 선택되어야만 하는 생존방식이었을 뿐이다. 그 소녀를 데려간 것은, 세월보다 먼저 다가온 아버지였다.

부모에게도 사랑의 계절은 있었다. 매일같이 지지고 볶고 사는 일상의 과거에 무슨 낭만이 있었을까 싶고, 우리는 관심조차 가져 본 적 없는 어느 지나간 날들 이야기이지만, 정작 우리에게선 가능하지 않을지도 모를 슬프도록 아름다운 사랑의 추억을 간직한 그들이기도 하다.

지금의 무미건조한 현실이 그런 영화 같은 사랑으로부터 흘러온 결과라는, 다소 허무하고도 아이러니한 결론. 그 후로 오래오래 행복하게 살았다는, 한결같은 문장으로 끝을 맺는 동화의 결말들은 과연 진실이었을까? 우리가 알지 못하는 네버엔딩 스토리에는 삶에 지칠 대로 지쳐 버린 신데렐라와 백설공주의 체념이 적혀 있지는 않았을까?

엄마의 과거로 흘러 들어온 미래의 딸은, 자신보다도 어린 엄마에게 넌지시 '어른스러운' 조언을 시도한다. 소녀가 그토록 끌려가고 있는 그 '좋음'이 결코 좋지 않을 것일 수도 있다고…. 그래서 뭐 어쩌라고, 두 사람이 이어지지 않기를 바라는, 자기존재에 대한 부정인가? 다행인지 불행인지, 이미 젊은 시절의 아빠에게 빠져 있는 소녀 시절의 엄마에겐 아무 이야기도 들리지 않는다. 도리어 딸의 조언이 '그러면 못쓰는' 조언의 대상이 될 뿐이다. 다행인지 불행인지, 자기존재는 그렇게 유지가 될 수밖에 없는 필연이었다.

소녀를 사랑한 청년, 청년을 사랑한 소녀. 그렇게 아름답게 사랑했는데, 결코 아름답지만은 못한 삶을 겪어 오면서, 그들은 자신들의 부모와 별 다르지 않은 엄마와 아빠가 되어 버렸다. 과연 사랑했던 시절이 있기나 했나 싶을 정도로 서로에게 무심하다 못해 무정한….

그러던 어느 날, 갑작스레 아버지에게 찾아든 병마 앞에서 엄마의 설움이 폭발한다. 평생 남편에게 '미안해' 소리만 들으며, 한번 남들처럼 살아 보지도 못했는데, 이제 저렇게 혼자 떠날 준비를 하고 있는 남편에 대한 원망. 그리고 억척스러움을 비집고 흘러나오는, 한평생 억척스러움으로 꾹꾹 눌러 왔던 슬픔과 회한. 엄마는 여전히 소녀 시절에 만난 그 청년과 살아가고 있는 중이었다.

이 영화는 내 부모의 러브스토리와 너무 닮아 있다. 엄마는 몸이 아파 늦게까지 학교를 다니던 왕언니였다. 아버지는 그 학교의 선생님이었다. 학교에서 일하면서 알게 된 사실인데, 그 시절에는 그런 경우들이 종종 있었단다. 아버지 장례식 때 어머니의 학창시절 친구분들이 조문을 오셨었다. 나는 엄마의 학창시절 친구분들을 그때 처음 뵈었다. 소녀에서 바로 엄마가 되었기에, 그 시절과는 내내 담을 쌓고 살았었던…. 그것이 내 아버지가 엄마에게 저지른 첫 번째 죄이기도 하다.

내 부모의 과거가 사제지간이었다는 사실을 모르진 않았는데, 그날 조문을 오신 친구분들을 통해 새삼 확인한 것 같기도 했다. 교직을 떠나온 세월이 그렇게 오래 되었어도, 엄마의 친구분들에게 아버지는 아직도 '선생님'이었다. 엄마는 아버지의 마지막 길에 나지막이 '선생님!'이라고 불러 봤을까? 아버지가 돌아가신 다음 해부터 나 역시 학교를 경험하게 되었다. 가끔씩 교실 어딘가에 있었을 엄마의 어린 시절을 상상해 보곤 했다. 하긴 실제로 수많은 엄마들의 학창시절 속에 내가 있었던 것이기도 하다.

사랑하는 사람과의 우연한 마주침을 가장했던, 그 한 번 한 번의 소중한 타이밍들을 향해 숨 가쁜 설렘으로 내달리던 그 시절처럼, 소녀는 행복하고 싶었을 뿐이다. 그 행복을 위해서 열심히 살아온 것뿐인데, 삶의 어느 순간에 낭만의 손을 놓쳐 버리고 말았다. 이젠 늘 어디가 아프신 엄마, 병원에서 받아 오는 한 달 치 약봉투에 가슴이 먹먹해지는 나이가 되어서야, 설득보다 먼저 이해가 앞서야 하는 일이란 사실을 깨달았으면서도, 여전히 가끔씩은 엄마를 이해하지 못할 때가 있다. 세상에서 가장 사랑하는 사람이면서도, 가장 많이 싸워야 했던 존재. 슬픈 너의 이름, 엄마.

나의 폰대 천상에서도

1

예전에 우리 집의 책장에는 한국문학전집과 세계문학전집이 꽂혀 있었다. 어린 시절엔 그다지 넓지도 않은 집의 한 켠을 그것들이 차지하고 있어야 하는 이유를 당최 이해할 수가 없었다. 이사를 갈 때에도 가장 큰 짐 중0에 하나가 그 책들이었다. 아버지 나름의 낭만이었는지, 아니면 아버지의 잃어버린 시간이었는지는 모르겠으나, 아버지 이외에는 식구 중 누구도 그 책을 들여다보는 일은 없었다.

참 책 모으는 걸 좋아하셨다. 이젠 문자에 치이며 사는 인생이지만서도, 그 시절의 아버지와 비슷한 성향의 사람들과 이야기를 나누는 일이 흔해진 생활체계이면서도, 아직까지 책에 대한 소장 욕구는 없는 편이다. 학창시절에는 그 완성도가 어떠하든 간에 꼭 사서 소장해야 했던, 내가 좋아하는 뮤지션들의 앨범들을 진열하면서 느꼈던 그 만족감도 아니다.

서른이 훌쩍 넘어서야 문학에 대한 관심도 생겨났고, 당장에는 출간으로의 기획까지 진행하고 있는데, 이젠 고향집에도 아버지의 문학전집들이 없다. 인생의 타이밍이 이렇게 안 맞는다. 나이가 들면서 아버지를 조금씩 이해해 보게 되는 순간마다, 아버지가 안 계신다는 사실을 새삼 깨닫곤 하는 것처럼 말이다. 아버지의 책장에는 내 미래가 꽂혀 있었을 줄 알았으면, 진즉에 관심을 가져 볼 것을…. 문학사의 주요 매뉴얼들을 한번 살펴본다는 것. 지금의 내게는 그것들이 지닌 문학사적 의의보다는, 아버지를 이해해 보는 방식이라는 데 더 의의가 있다. 도대체 왜 그렇게 사셨던 것일까? 낭만을 쫓으며 살 수만은 없었던 현실에 대한 반동이었을까? 그때는 그런 아버지의 모습이 싫었는데, 이젠 내가 그 소설들로 인간의 삶을 이야기하려고 한다.

어려서부터 허락되지 않는 것들에 대한 나의 합의점은, 허락을 맡지 않고 몰래 저지르는 것이었다. 내가 하고 싶은 일에 대해서는 과감하거나 무모하거나였다. 어린 시절의 나는 늘 내가 하고 싶은 대로 하고 살았던 편이다. 고등학교 3학년 때, 나는 체육과로 입시를 치렀다. 물론 이도 나 혼자 일방적으로 결정한 진로였다. 어려서부터 부모님은 내가 운동을 좋아한다는 사실을 좋아하지 않으셨다.

서울에 있는 한 대학의 실기전형을 위해, 사촌누나 집에서 하룻밤 신세를 졌었다. 그런데 시험 당일 아침에 아버지가 서울로 올라오셨다. 학교까지 태워다 주겠노라고…. 삐딱한 마음은 그 상황에 짜증부터 내고 있었다. 어린애도 아니고 그냥 나 혼자서도 갈 수 있는데, 왜 굳이 새벽잠을 설쳐가면서까지 올라오셨냐며….

반나절 동안 체육과 실기 시험을 치렀다. 아버지는 체육관 근처에서 시험이 끝날 때까지 기다리고 계셨다. 삐딱한 마음은 또 짜증이 난다. 시험이 끝난 후, 다른 학교에서 시험을 치른 친구들과 만나 잠깐 서울 구경을 하다가 집에 내려

갈 예정이었다. 아버지에게 말씀을 미리 드렸는데도, 실기 시험을 보는 내내 기다리고 계셨던 것이다. 점심을 같이 먹자고 하신다. 친구들 만나서 밥 먹기로 했다는 말씀도 진즉에 드렸었는데, 그새 잊고 계셨나 보다. 아버지는 원래 이러셨다. 그것이 자식을 향한 사랑의 표현이었는지는 몰라도, 내 말을 잘 귀담아 듣지 않으셨다. 몇 번을 말씀드렸는데도 못 들었다는 듯 원점에 돌아가 계셨던 적이 많았다.

아버지를 뒤로 한 채, 근처 지하철역을 향하다가 다시 한 번 아버지를 뒤돌아봤다. 길가에서 담배 한 가치를 피우시며 멀어져 가는 내 모습을 내내 지켜보고 계셨다. 조금은 미안한 마음에 빨리 집에 내려가시라는 손짓의 시그널을 보냈지만, 아버지는 알았다는 듯 고개를 끄덕이시더니 피우던 담배를 마저 피우셨다. 그때였던 것 같다. 작고 초라한, 그리고 조금은 늙어 보이는 아버지의 모습을 처음 눈에 담았던 순간이…. 그때는 모르고 있었다. 아버지와 함께 할 수 있는 날들이 앞으로 7년의 시간밖에 주어지지 않았었다는 사실을…. 그냥 언제까지나 내 곁에서 나를 귀찮게 하는 존재로 남아 있을 줄 알았는데, 내 착각이었다.

3

난 당신을 사랑했어요. 한 번도 말을 못했지만

사랑해요. 이젠 편히 쉬어요.

내가 없는 세상에서 영원토록

　

지금 들어도 참 슬프기 그지없는 가사와 멜로디. 특히나 장혁이 나룻배에서 하모니카를 강물 속으로 떨어뜨리는 뮤직비디오의 결말 장면은 정말이지…. 막연하게나마 그런 생각을 해본 적이 있었다. 언젠가는 나에게도 저런 순간이 다가올 텐데, 그때는 도대체 뭘 어떻게 해야 하는 것일까에 관한…. 그런데 그 순간은 생각보다 빨리 찾아왔다. 내가 각오했던 것보다 30년 정도를 앞질러 아버지 쪽으로…. 나는 장혁처럼 멋있지는 못했다. 할 수 있는 것이라곤 주저앉아 우는 것이 전부였던 내 27살의 어느 날.

돌아가시기 전에 아버지가 애지중지하던 수동 캐논 카메라 2대를 나와 동생에게 나누어 주셨다. 이미 세상엔 디지털 카메라가 출시되었고 핸드폰에 카메라가 장착되기 시작하던 시절인데…. 그 구닥다리 카메라가 아버지를 표상하는 사물이기도 했다. 시대의 흐름을 살피지 못하고, 언제나 당신의 낭만에만 갇혀 지내시던…. 그런데 세월이 지난 후에는 그 엔틱의 가치를 다시 돌아보게 된다. 그 세월 동안 아버지와 별 다르지 않는 성향의 '나'라는 사실을 점점 깨달아 가고 있기도 한 터라…. 언제나 내 곁에서 답답한 소리만 늘어놓는 꼰대로 영원할 줄 알았는데, 그 꼰대를 떠나보내는 일이 어찌나 힘들던지….

기억도 하지 못하는 유년시절의 5, 6년을 제외한다면 나는 아버지와 20년 정도를 같이 산 것이다. 아버지와의 많은 기억이 있다. 하지만 기억에 가장 남는 모습은, 내게 처음 스케이트를 가르쳐 주는 모습도, 낚시 바늘에 미끼를 끼우는 법을 가르쳐 주는 모습도, 처음 산 자동차로 온 가족을 드라이브 시켜 주던 모습도 아니다. 호스피스 병동에서 나약한 암 환자로 죽어 가던 두 달간의 모습이다.

임종은 내가 지켰다. 그 잠깐의 마지막을, 영원한 이별을 나와 단둘이 나누었다. 그 순간이 마지막인 줄 모르고, 어떤 작별의 말도 건네지 못했다. 일곱 살배기 어린애마냥, 한참 동안 울고만 있었다. 내 스물일곱 살은 그렇게 어렸다. 생각해 보니 아버지께는 사랑한다는 표현에도 인색했던 것 같다.

"엄마가 좋아? 아빠가 좋아?"

어린 마음에도 짜증이 나던 그 유치한 질문에 나는 늘 엄마라고 대답을 했었다. 평생 아버지를 좋아한단 말 한 마디를 못 해 보고 아버지를 보내 드렸다. 슬픈 메디컬 드라마의 마지막 장면, 마지막 시선. 하지만 끝내 마지막 대사를 하지 못한 채 그냥 그렇게 아버지의 손을 놓아 드렸다.

아버지가 세상에서 마지막으로 눈에 담은 것이 내 얼굴이었다. 아버지가 나를 바라보던 마지막 눈빛으로 언제고 내 자식을 바라보게 된다면, 그 순간에 내가 느껴야 할 감정은 어떤 것일까? 얼마나 슬프고 두려울까? 얼마나 그날의 아버지가 떠오를까? 시간이 지날수록 더욱 짙어지는 그리움 속에, 나를 스쳐 가는 오늘들을 그렇게 살아가고, 그렇게 후회하고, 눈물도 흘리고….

에필로그

Go, go, go

고지식한 생각으로 남을 무시하고

동심을 가진 어른들 이상하다 하고

전자 게임, 프라모델, 만활 싫어하고

그게 왜 재미있는지 이해를 못하고

그런 사람을 보면 나는 답답하고

하지만 그 사람 역시 내가 답답하고

얽히고, 설키고, 꼬이고, 막히고….

스무 살 시절의 이현도가 적어 내려간 가사. 어쩌면 그 저항의 시절에나 가능했던 성찰이었는지도 모르겠다. 나이를 먹는다고 지평이 더욱 넓어지는 건 아니다. 시간이 꼭 발전의 방향으로 흐르는 것은 아니며, 발전이 곧 진보를 의미하는 것도 아니다. 이현도의 음악과 김성재의 패션을 추앙하던 학창시절이었기에, 저 저항의 가사를 공감을 한 적도 있었는데, 이젠 다른 입장에서 공감을 한다. 그 시절엔 저항의 주체였다면, 이젠 저항의 대상이다. 나는 안 그럴 줄 알았는데, 나도 별반 다르지 않은 꼰대임을 깨닫는 순간들이 늘어가고 있다.

늘 관심을 가지고 최신의 문법들을 들여다보기는 하는데, 트렌드에 부합하는 감각은 아닌 듯하다. 나도 언젠가는 변화에 민감한 청춘이었는데, 언젠가부터 변하지 않았으면 하는 가치들에 더 많은 관심을 기울이는 것 같다. 이러면서 보수 성향의 기성이 되는 것일까? 하긴 기본 베이스가 한문인이의 성향이 보수적인 것도 당연한 일이겠지만…. 변해 가는 건 또 변해 가야 하는 게 또 어쩔 수 없는 시대정신인지도 모르겠다. 그 실시간의 시대정신을 따라잡지는 못하더라도, 지나간 시대의 정신에 고여 있지는 않길 바라면서….

순수꼰대비판

글 민이언
발행일 2018년 12월 25일 초판 1쇄

발행처 다반
발행인 노승현
출판등록 제2011-08호(2011년 1월 20일)
주소 서울특별시 금천구 가산디지털1로 24 503호
(가산동, 대륭테크노타운13차)
전화 02) 868-4979 **팩스** 02) 868-4978

이메일 davanbook@naver.com
홈페이지 davanbook.modoo.at
블로그 blog.naver.com/davanbook
페이스북 www.facebook.com/davanbook
인스타그램 www.imstagram.com/davanbook

ISBN 979-11-85264-29-5 03810

다반—일상의 책